でお婿さん!?

市村奈央

幻冬舎ルチル文庫

CONTENTS ✦目次✦

兄が狐でお婿さん⁉

✦イラスト・サマミヤアカザ

✦カバーデザイン＝久保宏夏(omochi design)
✦ブックデザイン＝まるか工房

兄が狐でお婿さん!?

絢人《あやと》が生まれたのは、夏の暑い盛り、八月七日の夕方だ。母が毎年この日になるとかならず聞かせる話によれば、出産には実に五十時間かかったとか。

『意識がもうろうとして、助産師に何度も頰《ほお》を叩《たた》かれた』『父は途中で帰宅して結局出産には立ち会えなかった』『そもそも梅雨《つゆ》から夏にかけての時期にお腹《なか》が大きいのは、それはそれは大変だった』

母のそういう武勇伝のような話を、父と兄と一緒に粛々と聞くのが、絢人の誕生日の恒例行事だ。

正直、聞き飽きている。絢人の意思で母の腹に長時間とどまったわけではないのだ。だからいつも、ケーキが出てくるタイミングで母の話がはじまると絢人は少しだけうんざりして、だけど、あらためて感謝もする。

誕生日というのは、自分が生まれたことを祝われる日ではなくて、大変な思いをして自分を産んでくれて、今日まで育ててくれたことに感謝をする日だ。少なくとも、高千穂《たかちほ》家《け》ではそうだった。

だから絢人はいつも自分の誕生日には、母になにか小さな贈り物をすることにしている。たいしたことではない。風呂《ふろ》の掃除とか靴磨きとかその程度だ。

その話をすると、たいてい驚かれる。普通は誕生日は、祝ってもらってちやほやと甘やかされる日であって、なにかをする日ではないのだそうだ。絢人だってプレゼントはもらうしご馳走《ちそう》もケーキも用意してもらう。だけど、自分が主役という気持ちはない。夏休み中ということもあって、友だちを呼んでの誕生日パーティというのをしたことがなかったのも、この特殊な誕生日が定番になった一因かもしれない。

だから十六歳の誕生日である今日も、そういう日になるのだと思っていた。

絢人の家はこの地で六百年続く神社だ。朝は毎日、絢人が境内《けいだい》を掃除する。夏休みでもそれは変わらない。それから家族四人揃《そろ》って朝食。

そのあと、絢人は台所で換気扇の掃除をはじめた。丸一日かけて油汚れを落としてピカピカになった換気扇を見て、母が喜んでくれたので満足する。

日が暮れると、神社で働く父と兄が帰ってきた。家族が暮らす自宅は、社殿《しゃでん》や社務所のとなりにある。古い日本家屋だが、神社の御神体《ごしんたい》である結根山《けつねやま》の麓《ふもと》にへばりつくように建っているせいか、夏でも涼しく過ごしやすい。

「絢人、ただいま」

「おかえり、ユキ兄」

白の袴姿《はかますがた》の兄が、絢人を見てふっと微笑《ほほえ》む。真夏だというのに、涼やかな風が吹き抜けるみたいな、甘い爽《さわ》やかさだった。

兄のユキは、麦色の髪と瞳、華やかな顔立ちと抜群にスタイルのいい長身のせいで、西洋の血が混ざっていると間違えられることも多い。黒髪黒目の絢人との共通点はほとんどなく、一緒に歩いていても兄弟だと指摘されることはまずなかった。

絢人としては、眦《まなじり》の少し上がった目元なんかは似ているのではと思うのだが、そう言ってもたいていは首を傾《かし》げられるので最近は「似てない」と言われても反論しないようにしている。

「ほっぺ、黒くなってる」

兄の手がさらりと伸びて、絢人の頬をやさしく拭《ぬぐ》った。見せられた親指には、黒ずんだ油の汚れがついている。

「換気扇の掃除してたから、そのせいだな」

「お風呂入っておいで」

ユキの長い指が、絢人の耳元や髪を撫《な》でる。こういう優雅な仕種《しぐさ》も、自分にはないものだと絢人は思う。

神社を訪れる猫や犬に接するときも、兄は丁寧で、絢人は雑だ。絢人は大の動物好きだが、撫でる手はわしわしと遠慮がない。いっぽう兄はいつも、遠慮がちに大切そうに毛並みを撫でる。

「――ユキ兄、なんかいいことあった?」

ふとそう訊《たず》ねたのに、たいした理由はなかった。なんとなく、いつもより兄の雰囲気が華やいで感じたのだと思う。

ユキの笑顔はいつもそれはそれは整っている。そのまま雑誌の表紙を飾ってもおかしくないくらいの微笑みはいつもどおりなのだが、今日はそのうえに、さらに砂糖を振りかけたみたいに絢人には見えた。

「そう見える？」

絢人の問いに、ユキも質問で返す。頷《うなず》くと、ユキはますます笑みを甘く深くした。

「アーヤ」

パチ、と絢人は目をしばたたかせた。アーヤ、というのは絢人の小さい頃の呼び名だ。いまでは、兄も両親も滅多に絢人をその愛称では呼ばない。

「お誕生日おめでとう」

「は？　あ、うん、ありがとう？」

ユキはにこりと笑うと、「着替えてくるね」と絢人の横をすり抜けていった。

絢人は廊下をゆく兄を振り返って見送る。

なんだろう、と、違和感は、たぶんそこからはじまった。

絢人の好物ばかりを揃えた夕飯を終えると、天童木工《てんどうもっこう》の広々とした座卓に、小さなホールケーキが出てきた。絢人の好きなチョコレートケーキに、ハッピーバースデイのプレートが乗っていて「あやと」とチョコレートで名前が書かれている。

ユキがろうそくを立てて、絢人が吹き消す。ケーキを等分したところで、父がウンウンと咳払《せきばら》いをした。

「絢人」

「え、なに？」

いつも、このタイミングで話をはじめるのは母だった。父親が口を開いたことに驚いて、絢人は眉《まゆ》をひそめる。

長方形の座卓の定位置は、絢人とユキが並んで、その正面に両親だ。斜め前に座る父は、神妙な顔で絢人を見つめている。

「今日はおまえに、大切な話がある」

「……なに」

「シロさんも、お願いします」

シロさんというのは、結根山を御神体とする結根神社の神さまだ。

銀の長い髪をポニーテールにして童水干《わらわすいかん》を着たシロさんは、見た目は十歳くらいだが、結根神社がひらかれた六百年前からこの地を守っている。色白で目が大きく、人形のような顔立ちをしているので、地元のちょっとしたアイドルだ。

「こんばんは、絢人」

父に呼ばれたシロさんが、パッとあらわれて絢人とユキのあいだに端座した。

普段は神社の本殿にいるシロさんが、この家にやってくるのは、絢人が知る限りはじめてのことだった。

なんだかわからないけど大ごとだ、とにかくそう思う。

いつもは日が暮れると同時に休むので、眠いのだろう。目を擦《こす》ってあくびをする仕種は、見た目相応に幼く見えた。絢人が敷いていた座布団《ざぶとん》をすすめると、シロさんは頷いて座りなおす。

「まずは、誕生日おめでとう、絢人」

父は話をそうはじめた。

「ありがとう」

「十六歳だな」

「うん」

「十六歳といえば、立派なおとなだな」

「そうなの？」

普通おとなといったら二十歳《はたち》だろう。高校生になったばかりの十六歳に、たいした権利はない。

「法的に、保護者の承諾があれば嫁《よめ》に行ける年だ」

はあ、と絢人は曖昧《あいまい》に頷いた。

たしかに十六歳になれば女性は結婚できる。だけどそれは絢人には関係のない話だ。

「なに、子供が作れるとかそういう話？」

首を傾げた絢人に、げほ、とむせたのは兄だった。

「ユキ兄？」

「絢人、ごめんね」

ユキは、トントンと自分の胸を叩いて呼吸を落ち着かせると、静かな目を絢人に向けた。目が合った瞬間に、ひやっといやな予感がする。こういう勘は外れない。絢人が少し顔をしかめると、兄は眉を困らせて微笑んだ。

「絢人にユキ兄って呼ばれるのは大好きなのだけど」

絢人がぐっと眉をひそめると、ユキも同じように眉間《みけん》を絞る。鏡を見るように、自分はこんな痛そうな顔をしているんだなあと思う。

「僕は本当は、絢人のお兄ちゃんじゃないんだ」

「――――」

まばたきができなくて、口も開いたきりになる。頭も真っ白でなにも言葉が出ない。ひとは、衝撃的なことを聞かされるとすべての機能が停止するらしい。立ち直るまでに、ずいぶんと長い時間がかかったような気がする。

そのあいだ、両親も兄もシロさんも、黙ったまま一切口を開かなかった。絢人の理解を待っていたのだと思う。

つまり、絢人以外は全員、その事実を知っていたのだ。考えてみれば当たり前なのだが、そのときはそれも、ひどくショックだった。

それから今度は、両親も兄もシロさんも、と思ったけれど、兄は兄ではないのだ、とさかのぼって自分の思考を訂正した。

じわり、と事実が身に染みるのは、紙が濡《ぬ》れて頼りなくなるのに似ていた。

いやだな、聞きたくなかった。まずはそう思った。だけどすぐに、それは逃避だなと思い直す。

「ユキ兄が、兄貴じゃなかった……」

口に出してみると、またぞわっと背中が冷たくなった。兄じゃないなら誰なんだ、と思う。それから、道理で似てないと言われるはずだ、とも。

「絢人、本当にごめんね」

「うん、――いや、ううん」

きっと事情があるのだ。こういうのは、テレビドラマや漫画で見たことがある。いままで黙っていたが、実の親子じゃないとか、実の兄弟じゃないとか。

そう思うと、たいしたことではない気がした。ユキとは実の兄弟じゃない。だけど、一緒に育った月日は嘘《うそ》じゃない。大丈夫だ、と絢人はわけもなくそう思った。深刻にならない性格は自分の長所だ。

「大事な話ってそれ？」

十六歳になっておとなとみなされて、真実を告げられた。たしかにショッキングではあったけど、受け止められないことじゃない。絢人はひとりでふむふむと頷いた。けれど、父はまだ渋い顔をしている。

「まだるっこしいですね！　賢哉《けんや》はいつもそうです！」

キャン、と喚《わめ》いたのはシロさんだった。

「ぼくはもう眠たいんです！」

すみません、と父が小さくなる。賢哉というのは父の名だ。

「ぼくが話します、みんないいですね」

はい、と全員が背筋を伸ばして膝《ひざ》に手を置いた。シロさんは「よろしい」と言ってフンと鼻を鳴らす。

「絢人は五歳のときに、神隠しに遭いました」

「へ？」

「結根山で行方不明《ゆくえふめい》になったんです。探しても探しても絢人は見つかりませんでしたが、三ヶ月経ったある日、ひょっこりと戻ってきました。そのとき、絢人を連れて来たのがユキです」

「え？」

「ユキが人間でないのは見てすぐにわかりました。だけど、絢人を返してくれるなら、とりあえずはユキが何者かはぼくたちにはどうでもよかった。だけどユキは絢人を返しに来たんじゃありませんでした」

絢人は呆然《ぼうぜん》と、シロさん越しにユキに目を向けた。絢人の視線に気付くと、ユキは眉を下げて微笑む。

「ユキはけじめをつけに来たんだと言いました。絢人を妻にほしい、一緒に山で暮らしたい、そのために挨拶をしに来たんだと。ばかなことを言っていると思いました。そんなの許すわけがないじゃないですか、絢人はうちの子です。そう言いましたが、ユキは聞きゃしませんでした。あげく、絢人も望んでいることだからと話を切り上げて帰ろうとしたんです。でもそのとき、それまでおとなしくしてた絢人が『パパ、ママ』と泣きました」

シロさんが話しているのは、実際にあったことなんだろうか。五歳の頃の記憶はまるでなく、物語を聞いているような気分だった。

「ユキは、絢人が泣くのを見たのははじめてだったそうです。絢人の前に膝をついて『僕のお嫁さんになるって言ってくれたじゃない、あれは嘘だったの』と慌てふためいていましたね。でも絢人は泣くばかりです。賢哉が『絢人はまだ小さな子供ですのでご容赦ください』と重ねて言うと、ユキはそれはもう、途方に暮れた顔をして」

シロさんはそこで言葉を切って、「喉《のど》がかわきました」と言った。

父が立ち上がり、お神酒《みき》を手に戻ってくる。盃《さかずき》に注がれた日本酒をクイと飲み干すと、シロさんは一息ついてふたたび口を開いた。

「『絢人がおとなになるまで待ちなさい』――ぼくがそう提案しました」

おとな、というキーワードに、絢人はぴくりと肩を動かした。

「絢人がおとなになったときに、本当にユキと生きると言うなら、家族といえど止めることはできません。その代わり、絢人がユキをいらないと言ったらかならず身を引くこと。これが、ぼくがそのときユキと交わした約束です」

「なんで十六歳がおとななんだ？」

はじめて絢人が発した疑問に、シロさんは「そんなの決まっているでしょう」と察しの悪い子供を見るような目をした。

「ひとが嫁に行けるようになるのが十六だからです」

「……嫁」

「聞いてなかったんですか！ ユキは！ 絢人を！ 妻として娶《めと》ろうとしてるんですよ！ 十一年も前から！」

シロさんが、ユキを指さしながら絢人に向かって身を乗り出す。勢いに、絢人は咄嗟《とっさ》に「そうか、ごめん」と謝った。そしてそれからじわりと首をかたむける。

「約束を交わして、ユキには山へ帰るように言いました。だけどそこでまた、絢人が泣いたんです。今度は『ユキ、行かないで』と。だからしかたなくユキをここに置いてやることにしました。絢人が十六になるまでは、兄として接すること。これが、ぼくとユキのふたつめの約束です」

シロさんが二杯目の酒を父にせがんだところで急に思い出す。

さっき父も、「十六歳は法的に嫁に行ける年だ」と言った。

「嫁……」

つまり、信じられないことだが、いま絢人は、嫁に行くか行かないかの選択を迫られている。しかも、長年実の兄だと思っていた相手のもとへだ。

「……いやいやいやいや」

冗談だろう。誕生日のサプライズ企画だ。絢人の両親はちょっとお茶目なところがある。荒唐無稽《こうとうむけい》な話をして、絢人が驚いて動揺するところを見ようとしているだけに違いない。

「じゃあ、ユキ兄って何者？」

絢人がぎこちなく笑って訊ねると、両親とシロさんの視線を受けたユキが、照れくさそうにはにかんだ。

「僕は狐だよ」

「き、きつね……？」

「結根山に住むのは狐に決まってるでしょう。しかもユキはこう見えて千年も生きてるおじいちゃんの狐ですよ」

「年のことはシロさんに言われたくないなあ。僕がおじいちゃんなら、シロさんだっておじいちゃんでしょう？」

「こんなかわいいぼくをおじいちゃん呼ばわりしますか、ユキ」

いやいやいやいやいや、と絢人はふたたび頭を抱える。

嫁で狐で千年で山で兄で誕生日だ。神隠しで十六歳でチョコレートケーキで妻だ。

「だめだ、理解できない。狐の嫁入りってなんだっけ」

「それはお天気雨のことですね。落ち着きなさい、絢人」

「そうだな、落ち着く」

絢人はぱしぱしと自分の頬を両手で軽く叩いた。

動揺して混乱して逃避しても、現実は変わらない。落ち着いて、事実を整理して自分のするべきことを考えるのがもっとも建設的だ。

よし、と絢人は気合を入れるように大きくひとつ頷いた。

「ユキ兄は山に住む狐で、俺の兄貴じゃない」

左手の親指から順に折って、わかることを数える。

「俺は五歳のときに神隠しに遭って、ユキ兄に連れられて帰ってきた。ユキ兄は、俺を――嫁にするつもりだった」

嫁云々《うんぬん》という部分は一番理解しがたい難所だったが、とりあえず客観的な事実としてぎくしゃくと中指を折った。

「シロさんが、俺がおとなになるまで待つように言った。だからユキ兄は俺の兄貴として一緒に暮らしてた。おとなっていうのは嫁に行ける十六歳のことで、つまり、今日」

「絢人はお利口ですね。誰に似たんでしょうか」

父が母の名前を出す。

「江利子《えりこ》でしょう」

絢人の正面に座る母は、いつもは明るく快活なのに、今日はじっと黙っていた。息子が嫁に行くかもしれない日に笑ってもいられないか、と思うと、また目の前の話にぐんと現実味が増した。

父はたぶん、絢人以上に動揺している。もともと知っていたはずの話だし、表面上は落ち着いたふうを装っているけれど、胡坐《あぐら》の膝に置いた指がそわそわと動いているので平静ではないのは明らかだった。

それから絢人はユキを見た。

まっすぐに背筋の伸びた正座。軽く顎《あご》を引いて、凜《りん》と静かなたたずまいだ。

だけど思えば神社から戻ってきた兄を見て、絢人は、華やいでいると思ったのだった。だからいいことがあったのかと訊ねた。そしてそのとき、ユキはうれしげに笑って絢人に「誕生日おめでとう」と言った。

ユキは、十一年も前から、今日のこの日に自分を妻にするつもりだったのか。

絢人、とシロさんが絢人を呼んだ。

「絢人が決めるんですよ。ユキの妻になるのか、ならないのか」

「いや、いきなり妻って言われても。それって即決しないとだめなことか？　俺の一生の問題だぞ」

絢人が身体《からだ》を引くと、シロさんは絢人を見上げて「たしかに」と頷いた。

「なあ、たとえば俺が妻になるって言ったらどうなるんだ？」

「結根山でユキと暮らすことになると思いますよ。それがもともとのユキの希望ですから」

「……ならないって言ったら」

「僕との約束をユキは破れません。絢人の前から姿を消してもらいます。二度と会うことはありません」

絶句するしかない。ゼロか百か、とはよく言うけれど、絢人にとってこんな二択は、どちらもゼロ以下だ。ユキの妻になればユキ以外のほとんどすべてを失う。ならなければ、ユキをすべて失う。

すぐに決められることじゃない。だけど、決めなきゃいけないんだろうか。

どう考えても、これは絢人の答えを待っている沈黙だった。

クイズ番組のシンキングタイムみたいだ。しばらくしたら気を焦らせる音楽が流れて、赤い照明がチカチカして、時間切れになるとブブーと音が鳴る。そうなれば顔にスモークが吹き付けられたり、床に穴が開いて落下したりするのだ。

ブル、と絢人は頭を振った。だめだ、また現実逃避をしている。

だって、ユキを失うなんて考えられなかった。二度と会わないなんて、そんなのは絶対にいやだ。

だけどだからといって、家族や友人と離れて山で暮らすという決断だってできなかった。山で暮らすなんてまるで想像もつかない。なんだそれ、日本昔話か。

「はい」

唐突に、ユキが発言を求める挙手をした。「なんです」とシロさんがユキを見やる。

「そのことなのだけど、絢人を山に連れて行くのはやめようと思っているんだ」

ユキの穏やかな声に、その場の全員がぽかんと口を開ける。

「代わりに、僕が絢人のお婿《むこ》さんになろうと思うんだけど、どうかな」

は？　とシロさんが顔をしかめる。

「なにを言ってるんですか、ユキ。どういうことです」

「どういうことかというと、つまり、ここで絢人と結婚したいです」

不可解そうな顔をしたシロさんと、笑顔のユキがしばしじっと見つめ合う。

次に、「あの」と手を挙げたのは母だった。

「それはつまり、絢人を連れて行かないってことよね」

ユキが頷くと、今度は父が手を挙げた。この場はいつから挙手制になったんだろうと絢人は首をひねる。

「ユキがこの家に婿入りするんだね？」

「そう言ったよ」

「絢人はこれまでどおりの生活をしていいということかな？」

「もちろん。僕は自分の奥さんを困らせたりしたくないよ」

ユキの答えに、向かいに並んだ両親は揃って顎に手を当てて考える仕種をした。

「私は賛成だな。おまえはどう思う」

「私もそれがいいと思います」

互いの意思をたしかめて頷き合う両親を見て、絢人は「いやいや」と腰《こし》を浮かせた。

「俺の意思は？」

「ユキ」

挟んだ声はすがすがしいくらいに無視される。父と母は、まっすぐユキを見てから畳に手をつき、深々と頭を下げた。

「ふつつかな息子《むすこ》ですが、どうぞよろしくお願いいたします」

「俺の意思は！」

「こちらこそ、至らない夫ですが、よろしくご指導ください。絢人のことは責任を持って、かならず幸せにします」

大仰《おおぎょう》なやりとりに目眩《めまい》がする。しかもあっというまに、ユキが絢人の婿になることが決まってしまった。

絢人が決めなさいと言われたばかりだったのに、絢人の意見なんか一度もきかれなかった。完全に置いてけぼりだ。

「シロさん、俺の意思は」

ため息とともに吐き出すと、シロさんはひょいと小さな肩を竦《すく》めた。

「決めろと言われたら、どちらかを選べたんですか？」

痛いところを突かれて、絢人はうっと喉を詰まらせた。

「ぼくもまさか、ユキがこんな提案をしてくるとは思いませんでしたが、絢人がかなしまずに済む方法を、ユキなりに考えた結果なんじゃないですか」

「そうなのか……」

「少なくとも、ユキの絢人への気持ちだけは嘘じゃないです。ここに来てからのユキを見ていて、それだけは間違いないと思いました」

神さまであるシロさんが言うのだから、それは本当なのだろう。正直なところ、現状なにもわからないから、ひとつでも確実なことがあると少し安心する。

「絢人」

ユキが、シロさんを猫の子かなにかのようにひょいと軽く抱いて脇に避《よ》けて、絢人のすぐ近くへ膝をすすめた。妙にかしこまった雰囲気に、絢人も胡坐の足を正座になおしてユキと向かい合う。

膝に置いた手に、ユキの手が重なった。

「いままで嘘をついていてごめん。ずっときみのお兄ちゃんでいられなかったことも、ごめんね。だけど僕は本当に、きみのことを心から愛してるんだよ。どうか僕を、きみのお婿さんにしてください」

すごい、俺はいまプロポーズをされている。

絢人は目を大きく見開いたままユキを見つめ返した。真剣なまなざしは、いつも以上にユキを端整に見せる。

「……断ったら、ユキ兄には二度と会えなくなるんだよな？」

「そうだね、そういう約束だよ」

ユキに会えなくなるのはいやだ。たとえ実の兄でなくても、ユキは絢人の大切な家族だ。

「なら、わかった。婿に来い」

よくわからないけど、たぶんなんとかなる。

絢人がきっぱりと頷くと、ユキはやさしく唇《くちびる》を微笑ませた。


代々結根神社の宮司《ぐうじ》をしている高千穂家は、もともとこのあたり一帯の地主《じぬし》でもあった。いまではほとんどの土地は売却してしまっているが、それでも、いくつかのアパートや駐車場を所有している。

神社や自宅とは道路を挟んで向かいにある、平屋建ての小さな一軒家もそのひとつだ。もとは、絢人の両親が結婚する際に、新婚夫婦の住む離れとして建てられたものだそうだ。絢人が生まれて、一家が母屋《おもや》に越して以降は、ひとに貸したり空き家になったりしていて、ここ数年は誰も住んでいない。

絢人とユキに、ふたりでそこに移り住んだらどうかと言ったのはなんと母だった。

「だってこれじゃあ、いままでとなにも変わらないじゃない？　なんだかユキが気の毒になっちゃうわ」

母はそう言った。絢人が眉をひそめて「どういう意味？」と訊《き》くと、母は「ほらね」と呆《あき》れたようすでため息をついた。

絢人がユキのプロポーズを承諾してから一週間が経っていた。

なんとなく予想していたとおり、絢人の暮らしに特別な変化はない。

六時に起きて境内の掃除、家族で朝食。夏休みだから学校へは行かないが、週に三回は所属しているバレー部の練習に参加する。部活のない日は家にいるか、友だちと遊びに出かける。遊んでいても、夕方には帰宅することがほとんどだ。前後して父と兄――ユキが帰ってきて夕飯。風呂に入ったり宿題をすすめたりして、絢人はいつもだいたい十一時には布団に入る。

いっぽうユキは毎朝九時に神社へ行き、五時まで社務所で仕事をしている。日中は、お守りを授与したり、パソコンに向かってなにかをしている姿をよく見かけた。

ユキの生活にもたぶん変わりはなく、だから、嫁だとか妻だとか婿だとか、そういう話はなんだったのかと、絢人も首を傾げる思いだった。

だけどまさか母がこんなことを言い出すとは思わなかった。

「せめて形だけでも新婚さんっぽくなきゃ、お婿に来るって言ってくれたユキに申し訳なくって」

「そういうもの？」

「複雑な気持ちがないわけじゃないけど、誠意には誠意を、真心には真心を返さないといけないでしょう？　絢人にも、そう教えてきたはずよ。ユキが、絢人を連れて行かずにお婿に来てくれるって言ってくれたとき、とてもホッとしたし、ありがたいと思ったわ。その気持ちは、ちゃんとユキに返さないといけないと思うの」

つまり、ユキの提案は厚意であり、それに胡坐をかいてはいけないということだ、と絢人は解釈して、それはそうだなと納得した。

理解が追いついていようといなかろうと、絢人が自分で決めて、ユキのプロポーズを受け入れたのはたしかなのだ。このままなあなあで日々を過ごすのは、たしかにユキに不誠実だろう。

離れに移り住むことに否やはなかったので、ユキがいいならそうすると絢人が言うと、すぐに引越しの準備がはじまった。

しばらく使われていなかった離れの掃除。止めていたライフラインの再開通。必要な電化製品や家具の手配。いま使っている部屋の整理、荷造り、掃除。

もっと時間がかかるだろうと思ったけれど、絢人はそもそも物をあまりたくさん持たないし、自分が使うものにもこだわりがない。小さな一軒家が、普通に暮らしができる程度に整うのに三日ほどしかかからなかった。

離れは、横に広い玄関を入ると、正面がキッチンとリビングダイニング、右手にバストイレ、左手に扉がふたつあって、それぞれ六帖と五帖の洋室だ。じゃんけんをして、広いほうを絢人が使うことになった。

建坪《たてつぼ》二十ほどだが、天井が高く、窓が大きく取ってあるのでそれほど窮屈には感じない。いままで住んでいた母屋が一般的な家屋よりも大きいのはわかっているので、狭いと感じるほうが贅沢《ぜいたく》なんだろう。

ふたり分の荷物を運び終え、「今日からあっちで寝るから」と親に宣言すると、それで引越しは終わりだった。

真昼の小さな一軒家は、静かで、むわっと暑い。ユキはまだ神社で仕事をしているので、絢人はひとり、エアコンのスイッチを入れた。ぶぃーんと音がして、冷風が吹き出してくる。なんだか自分の住まいだという気がしなくて、しばらくそのままぼうっと突っ立ってしまった。それから、遠慮するのもおかしいと思い、どかりとその場に座り、床に大の字になってみる。

現実感がなくて、でもどことなくワクワクと浮《うわ》ついた気分になるのは、自分がまだ嫁だの婿だのを自分のこととして実感できていないからだろうか。旅行に来たような、友だちの家に泊まりに来たような、そんな感覚しかない。

「……どうしたもんかなー」

口に出してぼやいたのと同時に、玄関の扉が開く音がした。起き上がって振り返ると、袴姿のユキが草履《ぞうり》を脱ぐところだった。

「おかえり、ユキ兄」

「ただいま」

真夏のこの時期に、ユキは汗ひとつかいたようすがなかった。考えてみると、昔から、絢人はユキが暑いとか寒いとか言っているところを見たことがない。

——千年も生きているおじいちゃんの狐。

シロさんの言葉を思い出す。だけど、そのフレーズと目の前のユキとが重ならない。ユキはやっぱり、絢人の目にはただただ、一緒に育った兄に映る。

「どうしたの、絢人」

「いや、べつに」

「急な引越しで疲れちゃった?」

「まあ、それもあるけど」

急なのはなにも引越しだけじゃない。いってみればなにもかもが急だ。だから絢人はぜんぜん、起こっていることに追いついていけてない。

「ごめんね」

ユキが眉を困らせて微笑する。なんだか最近、こんな顔をさせて謝らせてばかりいるような気がする。

「謝るなよ。ユキ兄、悪いことしてないだろ」

「でも、絢人のこと、困らせてるよね」

困らされてるとは思わない。首を振ると、ユキは「絢人はやさしいね」と言った。

「僕とここで暮らすのは、本当にいやじゃない？」

たしかめるように訊ねられ、これには少しむっとする。

「どうして。ユキ兄と暮らすのがいやなはずないだろ」

実際、ずっと一緒に暮らしてきたのだ。いまさら、なにがあったって一緒に住みたくないなんて思うはずがない。どうしてそんなことを訊かれるのかもわからなかった。

ユキは、本心を探るように絢人の目をしばらく見つめて、やっぱり苦笑した。

「そっか。ならいいんだ」

けれど絢人には、ユキが納得したようには見えなかった。

言いたいことがあるなら言えばいい。絢人がそう言いかけたタイミングで、ユキが「じゃあこの話はおしまい」と絢人の肩をぽんと叩いた。

「それより、やっぱりとても殺風景だよね」

ユキがぐるりと家の中を見渡すので、絢人もつられて同じようにリビングを見回した。

テレビがあって、母屋の物置から持ち出したちゃぶ台があって、同じく母屋から拝借した座布団がある。すっきりしていて悪くない。

「そうか？」

「絢人は情緒が足りないなあ。ほら、たとえば、この窓際に観葉植物を置いて、ここにソファを置いたら、ぐっとすてきになると思わない？　それから、床に明るい色のラグを敷いて、クッションもいくつか欲しいな。壁にもなにか飾ると賑《にぎ》やかになるね」

「たしかに、カレンダーがあるといいな」

「……そういう、実用的なものじゃなくて」

「必要だろ、カレンダー」

「そうだけど」

ユキは不満そうだ。そういえば、母屋のユキの部屋は八畳の和室だが、黒と茶でまとめられた妙にモダンな空間だった。

小学校から使っている学習机とベッド、壁には商店街の魚屋でもらったカレンダーを留めている絢人の部屋とは大違いだ。

「俺はそういうのにこだわりないから、ユキ兄の思うようにすればいいんじゃないか？」

任せるよ、と言うと、ユキはさらに呆れ顔になる。

「ここは絢人の家でもあるんだよ。加えて言うなら、僕ときみの夫婦の家だ」

「お、おう」

夫婦の家、という言葉に気後れして絢人はちょっと顎を引いた。

嫁、妻、婿、夫婦。

だめだ、やっぱりぜんぜん自分の身体に馴染《なじ》まない。

「だから、この家のものは絢人と一緒に選びたいよ」

にこりと微笑まれて、絢人は「わかった」と頷いた。

「買い物行くならいつにする？　俺は部活の予定が……」

そこで絢人は「あ！」と大きな声を出した。ユキが驚いて身を反らす。

「どうしたの」

「やばい、俺明日から合宿だ」

「合宿って、バレー部の？」

「そう、すっかり忘れてた。なにも準備してない」

大変だ、とユキも目を丸くする。

慌てて部屋に飛び込んだところで、絢人のスマートフォンが鳴り出した。母からの電話で、絢人は放り込んだだけの荷物の中から大きなスポーツバッグを探しながら応じる。

「もしもし」

『絢人、元気？』

「なんだそれ。元気だよ」

『夜ご飯はどうするの？　作れそう？』

「明日から合宿なの忘れてて、それどころじゃない」

あらやだ、と母は言って、それから「お母さんは覚えてたわよ」と自慢げな声を出した。

「なんで教えてくれないんだよ」

『絢人はしっかりしてるから忘れることはないと思って……』

思うに母は――たぶん父も、絢人に信頼を置きすぎなのだ。なんでも自分でできて、自分で決められると思っている節《ふし》がある。絢人自身も、自分は割と自立しているほうだと思ってはいるけれど、あまり放任すぎるのもどうかと思う。

『じゃあ、夜ご飯はこっちで食べましょうよ。お泊まり用のスポーツバッグもたしか、納戸《なんど》にしまってあるはずだし』

母の提案をありがたく受けることにして、ユキが着替えるのを待って一緒に母屋に向かった。家族四人で食卓を囲むと、ますます引越しをしたという感覚が薄くなる。

夕食のあと、スポーツバッグを探し出して離れに戻り、部屋で荷造りをした。着替えやタオルを適当に詰め込んで、チャックを閉じる。学校内での合宿だから、もし忘れ物があっても取りに帰ればいい。

一息つこうとベッドに腰かけ、ゴロンと横になる。

そして、知らない天井だなあ、と思っているうちに、そのまま寝入ってしまった。


「俺、兄貴と結婚して一緒に住むことになってさ」

そう言うと、沖津俊哉《おきつとしや》は太い眉をゆがめて絢人を見下ろした。

俊哉とは、小学校から同じ学校に通っている。はじめて同じクラスになったのは小学五年生で、仲良くなったのは中学でバレー部に入ったときだ。中学ではクラスはずっと離れていたが、高校に入学した今年は久し振りに同じクラスになり、一緒にバレー部に入ったので、学校ではほとんど俊哉と一緒にいるといっても過言ではない。

小学生のころから長身だった俊哉は、それからもぐんぐん背が伸び、いまでは百九十センチに近い。絢人もじわじわと背は伸びているが、なかなか百七十センチに届かないのが目下の悩みだ。それでもまだ十六歳なので、あきらめるにははやい。だから毎日牛乳を飲んで煮干を食べることは欠かさない。

「……お兄さん、結婚するのか」

俊哉の訂正はもっともだと思った。絢人だって、俊哉に「兄貴と結婚することになった」と言われればたぶんそう返す。俊哉の兄は絢人たちのふたつ年上、バレー部の部長だ。

「そう、兄貴と、俺が、結婚する」

だから絢人は俊哉の訂正をさらに訂正した。

「は？」

「俺が五歳のときに山で神隠しにあって、兄貴に助けてもらったらしい。そのとき兄貴は俺のことを嫁にするつもりだったんだって。でもうちの神社の神さまが、俺がおとなになるまで待てって言って、そのおとなっていうのの期限が十六歳だったとか」

ボール拾いをしながら、絢人は簡単にいきさつを説明する。

俊哉は夏風邪《なつかぜ》をひいていたとかで、あの衝撃の絢人の誕生日以降は一度も会っていなかったのだ。俊哉は長身で身体も分厚いのに、妙に風邪をひきやすい。小さいころから身体が弱かったそうだ。

「そういえば、おまえ誕生日だったよな。おめでとう」

「ありがとう」

「それで、十六になったからって真実を知らされて、嫁に行かされたわけか？」

「いや、兄貴が婿に来てくれるんだ」

俊哉がますます不可解そうな顔をした。

「あ、ていうか、そもそも兄貴じゃなかったんだ」

「…………」

「兄貴、狐なんだって」

「…………」

屈《かが》んで片手にバレーボールを摑《つか》んだ姿勢で、俊哉が動きを止める。

「それでおまえ、全部納得したのか」

絢人は抱えたボールをカゴに入れながら、鼻で低く唸《うな》った。

「正直よくわからない。でもまあ、いまのとこ特に問題もないし」

「ないことないだろ」

「結婚っていっても、俺は学校も部活もあるから家事とかできないけどって言ったら、兄貴が家のことは自分に任せてって言うし」

そういう問題か？　と俊哉の眉は依然険しいままだ。

「俺も、見ず知らずの他人を連れてこられて結婚しろって言われたら、相手が男でも女でも困ったし拒否したと思うけど、相手は兄貴だからな」

絢人は、ボールがいっぱいになったカゴを監督のかたわらに運び、代わりに空のカゴを押してコート外に戻る。

「それに、離れは前から狙ってたんだ。高校卒業したら住みたいって前から親に頼んでて、だから引っ越せたのはちょっとラッキーだと思ってる」

おまえ……、と俊哉がため息をついたタイミングで、コートの中から部長のよく通る声が響いた。

「つぎ一年！　コートに入れ！」

絢人と俊哉は揃って「はい！」と返事をしてコートに入る。

ふと、絢人がこの合宿で不在のあいだ、ユキはひとり離れで過ごしているんだろうなあと思う。

はやく帰ってやりたいなと思った。だってきっと、ひとりはさびしい。


三泊四日の合宿から帰ると、奥のキッチンにいたユキが目を上げた。

「おかえり絢人、おつかれさま」

「うん、ただいま」

スポーツバッグを床に置いて、カウンター式のキッチンへ足をすすめる。ユキの手元を覗《のぞ》き込むと、金属のバットの上に、片栗粉《かたくりこ》をまぶした鶏肉《とりにく》が几帳面《きちょうめん》に並べられていた。

「絢人の好きな唐揚《からあ》げだよ。お母さんに作り方を教わったんだ。あと、出汁《だし》巻《ま》きたまご、豚《とん》汁《じる》、水菜とお豆腐《とうふ》のサラダ、きんぴらごぼう」

「すごい」

「お風呂が沸いているから、先に入ってきたら？」

促されるままに風呂に入る。

合宿はなかなか厳しかった。中学までとは練習量が違う。絢人が通う高校はそれほど部活動がさかんな学校ではないが、バレー部は監督が熱心なひとで、練習メニューは他の部活と比べたらかなりきつい。

これまで自分は体力があるほうだと思ってきたが、そうではないらしいと思い知らされた。

合宿中は、体格のいい上級生にはもちろん、同級生にも後れを取った。絢人は筋肉がつきづらくほっそりとした体型で、体力があるといっても「見た目の割に」という但し書きがつくレベルなのだった。

これは、さすがに落ち込む。

バレーが好きだから、部活を辞めたいとは思わない。だけど、ただとにかくへこむ。

この先、慣れて練習についていけるようになるだろうか。そもそもバレーをやるには決定的に身長が足りないのに、体力まで並以下ではどうしようもない。

ざぶ、と絢人は湯船に頭のてっぺんまでもぐった。しばらく息を止めて、苦しくなったところで勢いよく湯船から上がる。

ついていけるようになるか、じゃない。ついていくのだ。

落ち込んで悩んで解決することじゃない。とにかく食べて、動いて、体力をつける。

それで駄目だったら、そのときにまた落ち込む。それしかない。

「筋トレ増やすか」

脱衣所で、身体を拭《ふ》きながら鏡を見てそう決める。

いつもより長く湯船に浸かったせいか、汗が噴き出て止まらないので、下着だけを身につけてリビングに戻った。

「絢人が長風呂なんて珍しいね。いつもはカラスの行水なのに」

ユキは食卓を整える手を止め振り返ると、やわらかく苦笑いをした。

「絢人、これからはちゃんと服を着て出てきて」

ユキの言葉に絢人は首を傾げた。いままでだって下着一枚で風呂から上がることはあったが、こんな注意はされたことがない。

絢人の疑問を理解してか、ユキはにこりと笑って、絢人の前に立った。ユキは背が高いから、自然と見上げる恰好《かっこう》になる。

「だって絢人は人妻なんだから。これからは慎みを持って生活してね」

人妻、という単語に、絢人はぽかんと口を開けた。

婿とか嫁とかいう言葉も充分に絢人の容量を超えていたが、人妻、という二文字にはさらに桁違いの力で圧倒される。

「ひとづま……」

「もう兄弟じゃないよ。きみは僕の奥さんなんだ。できればなるべく、人前では肌《はだ》をさらさないでほしいな」

とろけるような甘い笑みで、ユキが絢人の頬を撫でた。それから、耳の輪郭、耳たぶ、と順に指先がくすぐる。

ユキに撫でられるのなんてはじめてじゃない。むしろ触れられない日がないくらいだ。小さい頃には抱っこやおんぶだってしてもらった記憶がある。

だけど、今日のユキの手は、いままでとはまるで違った。

どこがどう、と説明はできない。だけど、間違いなく、兄の手ではなかった。

くすぐったさに絢人が肩を竦めると、ユキはやさしく微笑んで指を引く。

ユキが触れたところが熱い気がする。産毛《うぶげ》に、炭酸の泡がぱちぱちと絡んでいるようなほのかな刺激に、絢人はごし、と自分の頬を擦った。


八月の下旬になって、やっとかねてから約束していたとおり、ふたりで買い物に出かけることができた。絢人が俊哉からうつされたのか夏風邪をひいて寝込んだせいで、先送りになっていたのだった。

絢人の家から電車で三十分、さらにシャトルバスで二十分のところにある大型の家具量販店は、まだ夏休み中ということもあってか、ずいぶんと賑わっていた。はじめて来たが、かなり広い。レストランやカフェも併設されていて、ここで一日遊べてしまいそうだ。

モデルルームのようにレイアウトに凝《こ》って陳列された家具を見ていると、インテリアにこだわりのない絢人でもテンションが上がる。いまのままで充分だと思っていたが、こんな家に暮らすのもいいかもしれない。

「なんか楽しくなってきた」

言いながら、絢人はぱっとうしろを振り返った。

「――あれ?」

絢人はせっかちで、歩くのがはやい。それに、どちらかといえば先頭を歩きたいタイプだ。だから周りは気にせず大股《おおまた》でどんどん歩く。

いつもそうだから、家族は常にうしろをついてきているもの、というのが絢人の認識だ。なのに、振り返ったところにユキがいない。

立ち止まって、あたりを見回す。

「ユキ兄?」

迷子《まいご》みたいに名前を呼ぶ。すると、「なあに?」と背後から声がした。

振り返ると、すぐうしろにユキが立っているのでびっくりする。

見失うような距離ではない。呼ばれて慌てて駆けつけたというような態度でもない。そろりと背後に回られて、ワッと驚かされたみたいな感覚だった。

「ユキ兄、ずっとそこにいた?」

「いたよ、どうして?」

いや、と絢人は首を振った。

誰かに話しかけようと振り返ったタイミングで、その誰かがたまたま死角に移動してしまい、消えたように感じることはまれにある。いまのもそういうことだろう。

「一瞬、ユキ兄のこと見失ったかと思った」

絢人が苦笑いをすると、ユキは目をまたたいて、それからゆっくりと笑顔になる。

「僕は、絢人のそばを離れないよ」

ユキの目が、思いがけず真摯《しんし》にきらめく。そんな大袈裟《おおげさ》な話じゃないよと笑い飛ばすのも忘れて、絢人はしばらく縫いとめられたようにユキの目を見つめ返した。

「絢人が僕をいらないって言わない限りは、ずっと、絢人といる。僕には、絢人しかいないんだ」

歌うような甘さのなかに、せつない訴えが見え隠れする。

「――――」

なにか言うべきかと漠然と口を開きかけたところで、絢人の脚に幼稚園くらいの年の男の子が突進してきた。うしろからぶつかられ、絢人は前のめりにバランスを崩す。

「おっと」

ユキが軽々と絢人を抱きとめる。「大丈夫？」と間近から訊ねられ、絢人はぎくしゃくと頷いた。子供を追いかけてきた母親に「すみません！」と頭を下げられたユキは、「こちらこそ」とよそいきの顔で微笑む。

母親とつないだ手をふりほどいてまた弾丸のように駆け出していく子供と、追いかける母親のうしろ姿を眺めながら、ユキが「小さいねえ」と目を細める。

「小さい？」

かわいいねとか元気だねというならともかく、小さいという感想は不思議だ。

「うん。小さい。絢人だって、あのくらい小さかったのになあ」

「俺がユキ兄と会ったときは、あのくらいだった？」

訊ねながら、妙な感じがする。ほんの最近まで当たり前に、ユキは絢人が生まれたときからずっと兄なのだと思っていた。

「うん。あのくらい、とてもとても小さくて、それからとってもかわいかった。絢人よりかわいい子には会ったことがないよ」

「千年生きてるのにか？」

「うん」

さらりとユキが頷く。

千年生きてるのになんて、軽い気持ちで口にはしてみたものの、それがどういう長さのことなのか、絢人にはさっぱりわからない。千年生きてて絢人が一番かわいいなんて、壮大でロマンチックな歌の文句みたいだ。

「ねえ絢人、やっぱり観葉植物を置こうよ。家具はナチュラル系で揃えて、ソファもベージュか白にして、ラグはグリーン系がいいな。ほら、ちょうどああいう感じ」

絢人は、ユキが指さす方向に目を向ける。

白とグリーンを基調にした、爽やかで眩《まぶ》しい印象の一角だった。白いソファにグリーンのカバー、リーフ模様のクッション、毛足の長いラグマットはグリーンとベージュのストライプ。一角を囲むように、観葉植物が置かれている。

「ああ、うん、いいな」

離れのダイニングには日差しがたっぷり差し込むから、明るい色が合うだろうと絢人も思った。

「キッチンの前に小さいダイニングテーブルを置いて、食事はそこでしよう。それで、テレビの前には大きめのソファとラグ」

ユキの提案に、絢人はうんうんと頷く。

いままで、兄がどんなことを好きなのかなんてあまり考えたことがなかったが、インテリアとかファッションとか、そういうのが好きなのかもしれない。

本当は狐なのに、まるで人間みたいだなあと思う。だけどそれも当たり前だった。ユキはこれまでずっと人間として、絢人に少しの疑問も抱かせないまま生活してきたのだ。

「ユキ兄は、人間の生活をはじめて、いままで不自由に思ったり、いやだったりしたことはないのか?」

ふと気になってそう訊ねると、ユキは驚いたように絢人を見下ろした。

「なあに、どうしたの突然」

「いや。なんとなく」

陳列されているソファに絢人が腰かけると、「そうだなあ」と高い天井を見上げながら、ユキが隣に座った。

「狐とはいっても野山や動物園にいるのとは違って、僕たちは神さまに近い狐だから、山での暮らしはひととあまり変わらないんだよ」

「え、そうなのか？」

絢人の頭の中には、山肌を狐が縦横無尽に駆け回っているイメージがあった。

意外そうな声を出した絢人にユキは「絢人がどんな想像をしてるのかちょっとわかるよ」と苦笑する。

「ひとの暮らしもよく知っているつもりで、だけどたしかに、はじめて知ることや、驚くことはたくさんあったな。とくに、絢人がどんどん大きくなることにとてもびっくりした。ひとの子は竹みたいに育つねと言って、お母さんに笑われたりもしたよ」

小さいころ絢人はこうだったよ、という話はこれまでもよく聞いたが、ユキがそれをどう感じていたのかを聞くのははじめてだった。

「でも、ここでいやな思いをしたことは一度もないよ。お父さんとお母さんにとって、僕は息子を攫《さら》おうとしている大悪党だろうに、本当の息子みたいにとてもよくしてくれた。なにより、絢人と毎日一緒にいられて、本当に幸せで楽しい」

「ユキ兄……」

「ありがとう、絢人」

あらためてのお礼なんて、なんだか大事なことを言い残そうとしているみたいだ。しんみりしかかる空気を、絢人は勢いよく立ち上がって振り払う。

「買うもの決めよう、日が暮れる」

手を差し出すと、ユキは「そうだね」と笑って、絢人の手を摑んで立ち上がった。

広い店内を移動しては戻り、家に迎える家具を選ぶ。最初は「どれでもいい」と繰り返していた絢人だったが、ユキに「座ってみて」と言われて候補のソファを試すうちに、座り心地の違いが気になるようになってきた。「これは硬い」とか「これは沈みすぎる」とか意見を言い合って、やっとのことでソファが決まる。

ラグも、あれこれ触って気に入った手触りのものを探した。ユキが、あまり毛足の長いものは好きじゃないと言うので、すっきりとしたデザインのウールのものを選ぶ。

ダイニングテーブルは小さくてシンプルなものをあまり悩まずに決めた。それから、壁の時計、クッションを三つ、小さなリビングテーブル、ゴミ箱、ガラス戸のキャビネット、バスルームの雑貨、脱衣所に置くシェルフ、ランドリーバスケット。

配送の手配まで終えると、どっと疲れを感じた。だけど心地いい満足感もある。

「届くの楽しみだな」

「うん、そうだね」

出口に向かって歩いていると、赤と白の鮮やかなインテリアのコーナーが目に留まった。真ん中にダブルベッドが置いてあり、寝心地をたしかめているのか若いカップルが並んで横になっている。見つめ合って、まるっきりふたりの世界だ。

歩きをゆるめて無遠慮にカップルを眺めていると、また背後がふっと心許《こころもと》なくなる。まさかと思いながら振り返るとユキの姿がなかった。

背が高くて見た目が整っているから、ユキはどこでもよく目立つ。小学校の運動会でも、バレー部の地方大会でも、応援に来てくれたユキのことを絢人はいつでも真っ先に見つけられた。

そのユキをどうして今日に限って何度も見失うんだろう。

「ユキ兄」

来た道を探しに戻ろうと絢人が回れ右をすると、「ここだよ」と背後から声がした。振り返るとさらりとユキが立っている。

「……どっか行ったかと思った」

「どこにも行くわけないじゃない」

ユキの笑顔はいつもと変わらなくて安心する。

ここは広いし、ひとが多くて騒がしいから、はぐれそうになるのもしかたないのかもしれない。

昔はいつでも手をつないでいられたけれど、高校生にもなるとそういうわけにもいかない。考えてみたら、ユキとこうしてふたりで出かけるのはずいぶんと久し振りのことだ。

「絢人こそ、ぼんやりしてなかった？」

訊ねられ、絢人はまた赤いベッドに目を向ける。相変わらず、カップルは寄り添って横になっていた。

「ああいうのじゃなくていいのかと思って」

「え？　なにが？」

「あれ」

カップルを指さすと、ユキは眉を寄せてダブルベッドのほうへ目を向ける。

「ダブルベッドとか、買わなくていいのか」

夫婦の住まいといったら普通寝室は一緒なのではと、急に思いついたのだ。絢人の両親も母屋の一番広い洋室に、シングルベッドをふたつ並べて寝ている。離れで暮らしていたときもきっと、ふたつの洋室のどちらかを寝室にしていたのだろう。絢人とユキのように、それぞれの自室にして使っていたとは思えなかった。

絢人の指摘に、ユキは困ったように微笑んだ。

「僕たちにはまだはやいでしょう？」

「はやい？」

「それとも絢人は、身も心も僕のものになってくれるの？」

長い腕に肩を抱かれてやさしく引き寄せられ、ひそりとささやかれる。目を細めた甘い微笑みが間近にあってどきりとした。

みもこころも、と口の中で繰り返してハッとする。

ダブルベッドを置くことしか考えていなかった。そこでユキとふたりで寝ることとか、夫婦がダブルベッドで寝る意味にまでは、考えが至っていなかったのだ。

そうだ、普通夫婦といったら、一緒に住むだけじゃない。結婚したばかりの両親に離れが用意されたのだって、つまり、子作りのためだ。

「なんか、ごめん」

「どうして謝るの？　僕はべつに、いますぐ絢人とそういうことをするのを望んでいるわけじゃないよ」

「そういうこと……」

まるでピンときていない顔をしたんだろう、呆れたようにユキが軽く絢人の額をつつく。

「僕はああいう若い人間とは違うけど、絢人のことは本当に愛してるから、もちろんいつかは自分のものにしたいと思ってるよ。ただ、絢人にはまだはやいかなあ」

行こう、と促され、並んで店を出る。外はもう暗い。店の前のロータリーに、ちょうどシ

ャトルバスが入ってくるのが見えた。

「だけど絢人にほしがってもらえたら、きっと死んじゃうくらいに嬉しいだろうから、そのときには教えてね」

そんなことを言われても返事のしようがない。

イエスとノーの判断は迅速ではっきりしている自信があったのに、絢人は口ごもって俯《うつむ》いた。


配送を頼んだ荷物は、三日後に届けられた。

絢人はその日休みだったので、午前中に届いた荷物の梱包をといて、ラグやソファは早速あらかじめ決めていた場所へ配置した。キャビネットやシェルフの組み立てはふたりでやったほうがはやいから、玄関に置いたままにしておく。

昼は母に呼ばれて母屋でそうめんを食べた。

「絢人、ちゃんとできてるの？　大丈夫？」

母がこんなふうに絢人を心配するのは珍しい。

「お母さんね、絢人は十六でおとなになるんだから、なんでもひとりでできる子に育てようって頑張ったけど、よく考えてみたら、絢人の必要なのは花嫁修業だったのよね」

「…………」

自分に必要なのが花嫁修業だとは知らなかった。

ずず、と絢人は黙ってそうめんをすする。

「ちゃんと教えておけばよかったわ。お料理とかお裁縫も」

中学のころから自分の部屋は自分で掃除をしているし、洗濯機もたまに自分で回す。ただ、台所に立ったことはほとんどないし、もちろん裁縫なんてしようと思ったこともなかった。

「料理はできたほうがいいと俺も思うけど、裁縫って必要？」

「どうかしら」

言い出したのは自分なのに、母も首を傾げる。

「でも、花嫁修業の定番じゃない？　お針仕事、お茶、お花」

「それがなんの役に立つんだろうな」

ごちそうさま、と両手を揃えた絢人を見て、母が頰に手を当てて心配げな顔をする。

「どうも絢人は、お嫁さんっていうよりお婿さんなイメージなのよね」

「……男だからな」

「まあ、ユキがいいならいいのかしら」

「ユキ兄がいいならって？」

「ユキに訊いたことがあるの。あなたのお嫁さんとして、絢人に必要なものはなにかしらって。山に連れて行かれてしまうんだと思っていたから、そこでユキの妻として生活するために、絢人が身につけておくべきことがあるんじゃないかと思ったの」

山の暮らしなんて想像もつかないのは、絢人にしても母にしても同じだ。ユキは、山での暮らしはひとと変わらないと言ったけれど、本当にそうかは行ってみないとわからない。あらかじめ身につけておけることがあるならそれに越したことはないだろう。

「でもユキは、なにもいらないって。絢人はただ、まっすぐ健康に育ってくれればそれでいいって言ったの。それから、どこにいても、不自由も苦労もさせないから心配しないでほしいって」

箸《はし》を置いて、母はちょっと笑った。

「お母さんはそれまで、ユキを未来の誘拐犯みたいに思っていたんだけど、それを聞いて、絢人は単に、生涯の伴侶にはやく出会いすぎただけなのかもしれないって感じた」

男同士なのに、とか、人間と狐なのに、という反論もいまさら無粋な気がして、絢人は神妙に母の話を聞いた。ちょっと変だと思うところがあっても、これが母の本当の気持ちなんだろう。

「だけどもちろん、絢人がいやならすぐに戻ってきてね。それだけは、ちゃんとそういう約束なんだから」

うん、と絢人が頷くと、母は「スイカ切るわね」と台所に立った。

スイカを食べたら満腹になってしまい、畳で少し横になっているうちに眠ってしまったらしい。縁側からそよそよと夕方の風が入ってきて目が覚める。

その日は、ちらし寿司《ずし》にするから食べていきなさいと言われ、神社に仕事終わりのユキを迎えに行って、母屋で夕食をとった。家族四人の食卓はやっぱり落ち着く。

だけど、離れの非日常的な感じも好きだ。ふたりで離れに戻ると、ユキは絢人が配置したソファを見て嬉しそうに目を細めた。

「すてきだね、絢人」

「そうだな」

床に座布団のままでも構わないと思っていた絢人だったが、実際こうしてラグやソファを置いてみると、新居らしい華やぎがあっていい。新しい家具を絢人と一緒に選びたいと言ったユキの気持ちがやっとわかる。

「俺たちの家って感じがしてきた」

絢人が腰に手を当てて胸を反らすと、ユキは幸せそうにふふっと笑った。

「さっそくここでお茶を飲もうか」

ユキの提案に頷き、ソファで並んで熱い日本茶をすすりながらテレビを見る。

テレビのチャンネルは、絢人が好きな、動物との触れ合いをテーマにした番組に合わせた。

大型犬と新人俳優が旅をするコーナーが一番のお気に入りだ。小さな動物も好きだけど、絢人はとくに、大きな犬が好きだった。ひとのペースに合わせて、ゆっくりと穏やかに歩く姿を見ていると、いとしくて胸がぎゅっとなる。

「いいな、でかい犬飼いたい」

「犬ねえ」

自分が狐だからなのか、ユキは動物にはあまり興味がないみたいだ。一緒にテレビを見てはいるけれど、さして楽しそうではない。

「大きくてもふもふした動物が好きなんだよな。飼えるんなら、虎とかライオンでもいい」

「もふもふしていればいいなら僕でもいいんじゃない？」

よいしょ、とユキが腰を浮かすと、ぽんっとポップコーンが弾《はじ》けるみたいな軽い音がして、絢人の目の前に麦色の毛並みがあらわれた。

「――尻尾《しっぽ》だ！」

びっくりしすぎて大きな声が出る。

どういう仕組みか、ユキのコットンパンツの尻《しり》あたりから、ふさふさと大きい尻尾が生えていた。

目を瞠《みは》っていると、尻尾はひょこんと揺れて絢人の頬を撫でる。

「さ、触っていい？」

「もちろん、どうぞ」

おっかなびっくり手を伸ばす。しっとりとしなやかな手触りだ。毛並みがいいなんてよく言うけれど、まさにそれだと思う。やわらかくてすべすべで、こんなきれいなものははじめて触った。

「すごいな」

「気に入った？」

ソファの背にゆったりと腕をかけ、ユキが身を乗り出す。整った顔がぐっと近づくのにどきりとして、ついユキの尻尾をぎゅっと握ってしまった。

「あ、ごめん……っ」

「いいよ、平気。もっとぎゅっと抱いてみて？」

そう言われて、絢人は両腕で、抱き枕のようにユキの尻尾を抱きしめた。

ふわふわと、毛先が頬に触れてくすぐったい。だけどそれ以上に、うっとりととろけるような気分になった。

「気持ちいい……」

心地よさに目を閉じると、くらりと甘い目眩がした。このまま眠ってしまいそうだ。

ふいに、ひんやりと湿った土の匂いがした気がして目を開ける。

「絢人？」

「……いや、なんでもない」

懐かしくてあたたかいような、心細くて肌寒いような、まったく逆のふたつの感覚が混ざって胸にわき上がる。

これはいったいなんだろう。

首をひねりながら見上げると、ユキはにこりとやさしく笑った。


九月一日、新学期のはじまりだ。

起きる時間は夏休み中も変わらなかったのに、学校に行かなければいけないとなるとなぜか身体が重くなる。自由で楽しい夏休みはあっというまだ。

白い袴に着替えてあくび混じりに境内の掃除をしていると、背後でカラカラとシロさんの下駄《げた》の音がした。

「シロさんおはよう」

「おはよう絢人、精が出ますね」

ゴミを拾って掃き掃除をして、乾燥する夏場は水を撒《ま》く。慣れているので三十分もかからない。絢人が掃除をするあいだ、シロさんは狛犬《こまいぬ》の台座に座ってぶらぶらと足を揺らしていた。

「ユキとの生活はどうですか」

「普通だよ。そういえばこないだ、はじめて尻尾を見せてもらった。ユキ兄、本当に狐なんだな」

「そうですよ。ぼくの山が彼らの根城です」

木桶に水をくみ、柄杓《ひしゃく》ですくって撒きながら、絢人はシロさんを見上げた。

「彼、ら？」

「結根山には狐がたくさん住んでいます」

そうか、きつねが訛《なま》ってけつねになったのか、とそのときはじめて山と神社の名前の由来に気付く。

「ユキ兄みたいな、人の姿をした狐がたくさんいるのか？」

「さあ。ぼくは普段、彼らが山でどう暮らしているのかをあまり気にしないので。絢人も、そんな興味で山に入ったらいけませんよ。狐の中には、良いのもいますが悪いのもいますから」

山に入ったらいけない、というのは小さいころから言い聞かされてきた。神社の御神体である結根山は神域で、禁足地だ。

十一年前、そもそも両親が、絢人をユキに差し出すことに強く反対できなかったのは、たぶん、絢人が禁忌に触れたせいなのだろう。入ってはいけない山に踏み込んだ。きっと両親にとって、この結婚はその代償の意味合いが強いに違いない。

「五歳のとき、俺は自分で山に入ったのかな」

「たぶんそうです。山の入り口の注連縄《しめなわ》近くに、絢人の足跡が残っていたそうですよ」

「それで、山の中でユキ兄に助けられた？」

「おそらくは」

そのときのことを、少しでも覚えていたらと思う。不思議なことに、絢人には、山でユキと過ごした記憶がまるでない。

「ぼくは絢人に謝らないといけません」

「え？」

シロさんが、狛犬の台座からひらりと飛び降りて、絢人の前に立った。胸までの背丈のシロさんが俯いてしまうと、絢人からは表情が見えない。

「シロさんが、俺に？」

「絢人がいなくなったとき、本当はぼくの力で探せるはずだったんです。あの山は、ぼくそのものです。山で起きていることで、ぼくにわからないことなんてないはずでした」

シロさんの声が泣きそうに震えた。

結根神社が建てられた六百年も前から、シロさんはこの地を守っていると聞いている。それでも、こんなふうに小さな肩を震わせている姿は、絢人よりずっと小さな子供みたいだった。

「なのにあのとき、ぼくにはなにも感じとれませんでした。絢人が山にいるのかどうかさえ、わからなかった」

「なんで？」

絢人の軽い問い返しに、シロさんがキッと目を上げる。

「ユキに！　隠されたんです！　ぼくの山で、ぼくの目から絢人を隠すなんて、あれは、ほんとうに、もう！」

怒りを弾けさせたシロさんがどしどしと地団駄《じだんだ》を踏むと、足元でパチパチと線香花火のような火花が散った。おお、と絢人は目をまたたく。シロさんが神さまなんだなあと実感するのはこういうときだ。

「あんな、ちょっと長生きしてるだけの狐に化《ば》かされるなんて、こんな悔しいことはないですよ！」

そうか、シロさんが泣くのは悔しいからか。

「ごめんな、シロさん」

「……どうして絢人が謝るんですか」

「だって俺が山になんか入らなければ、シロさんはこんな悔しい思いをしなくて済んだわけだろ？　だからごめん」

悪いと思うのは、両親に対してもだった。いまさら言ってもしかたのないことだが、絢人さえ山に入らなければなにも問題は起こらなかったのだ。

シロさんはまだ怒りを残した目で絢人を見上げて、それから唇を尖《とが》らせて「絢人は本当にいい子ですね」と言った。

「賢哉と江利子の躾《しつけ》がよかったんですね。でも絢人、謝るのはぼくです。ぼくの力が及ばなかったせいで、おまえに望まない婿が来ることになってしまいました」

「いや、それは……」

たしかに、ユキと結婚することが、絢人の望みかと言われたらそうじゃない。だけど、前時代的に、意に染まぬ相手にむりやり嫁《とつ》がされて、という思いもなかった。

「ずっと謝りたかったんです。許してください、絢人」

頭を下げられて戸惑う。神さまからの謝罪なんて、なんというか、おそれおおい。

「シロさん、本当に大丈夫だから」

「無体なことはされてませんね?」

「なんだ無体って。されてないよ。いままでと変わらない」

シロさんはちょっとだけ不可解そうな顔をして、けれどすぐに「だったらよかったです」と頷いた。

「引きとめてすみませんでしたね、絢人。学校に遅れますよ」

「――あ！」

そうだった。今日から学校だ。

絢人は慌てて掃除道具を片付ける。そのままつい母屋に駆け込みかけ、急いでUターンして離れに飛び込んだ。

「ただいま！　う、わっ」

ちょうど、出てこようとしていたらしいユキと鉢合わせになる。驚いて身体を引くと、ユキの腕が伸びて絢人の腰を引き寄せた。

「おかえり絢人。遅いからようすを見に行こうかと思ったところだよ。大丈夫？　具合悪くなった？　朝から暑いものね」

「平気、シロさんとちょっと話し込んだだけ」

着替えてくる、と絢人は自室に急いだ。白衣と袴を脱いで、夏服の、チェックのズボンと白のポロシャツに着替える。

通学用のリュックを持って部屋を出ると、冷たい牛乳がダイニングテーブルに置かれた。

「おにぎり包んだから、学校に着いたら朝ごはんにしてね」

「マジか。ありがとう」

壁の時計を見上げると、もう出かけなくてはいけない時間だった。立ったまま牛乳を一気飲みして、リュックを背負う。

「今日は始業式だけだから、昼までに帰ってくる」

「お昼ごはん用意しておこうか？」

「自分でやるよ、大丈夫。行ってきます！」

「うん、車に気をつけるんだよ」

絢人、と手招かれたので身体を寄せる。すると、絢人の肩に手を置いて、ふっとユキが軽く身を屈めた。

「いってらっしゃい、僕のかわいい奥さん」

チュ、と頬で唇が弾む音がした。

「な……っ、ユキ兄っ」

「だって、なんだか親子みたいなやりとりだったから」

絢人は、ユキの唇が触れた頬を指先でおさえた。

「絢人は僕の妻なんだよ？　はやくその自覚を持ってくれたらいいなあ」

こつんと額を合わせられ、唇が触れそうな距離でささやかれる。体温が上がって、そのことを、重なった額からユキに知られてしまいそうだった。羞恥《しゅうち》のような、焦りのような感覚がぶわっと絢人を包み込む。

「僕は、絢人にとってそれほど魅力的ではない？」

そんなことはない。ユキのことは昔から、羨《うらや》ましいような誇らしいような気持ちで見てき

た。誰より恰好いいと思ってる。

「けど、だって……」

ユキの唇が触れたところだって、ジンジンと痺《しび》れるように熱い。

前にもこんなことがあったような気がする。

シロさんの足元で発生する火花と同じ、人ではないユキの特別な能力だろうか。——それとも。

「意地悪だったかな。困らせちゃったね、ごめん。はやく行かないと遅刻するよ」

ユキは涼しい顔で微笑んで、すっと身を引いた。

頷いて、玄関を飛び出す。

夏の日差しは暑くて、なのに、ユキが触れた頬はそれとはまるでべつの熱を持っていた。


走ってきたせいで、始業よりだいぶはやい時間に教室に着いた。絢人が席で梅のおにぎりを頬張っていると、前の席にドサリと荷物が置かれる。俊哉だ。

「おう、はよ」

「おはよ。なに、朝メシ？」

「そう、愛妻弁当ってやつ？」

俊哉は椅子《いす》を引き、絢人のほうを向いて腰かける。

「バーカ、おまえが妻なんだろ」

「そっか。そうだった。俺はいい夫を持ったな」

絢人があっさり納得すると、俊哉は不味《まず》いものを口に入れたみたいな顔をした。

「あのさあ、おまえ、夫婦っていうの、本当にわかってやってんの？」

俊哉が訊ねる意味がわからず、絢人は眉を寄せた。

「なんか、おまえ、すごく軽く嫁とか婿とか言うけど、ぜんぜんことの本質を理解してないような気がする」

「本質って？」

「そんなの俺が知るかよ」

「なんだよそれ」

絢人は顔をしかめて、手の中のアルミホイルをくしゃくしゃと丸めた。

「普通、男に嫁げなんて言われたら冗談じゃないって腹立つだろ。俺は兄貴と結婚しろなんて言われたら、オヤジ殴《なぐ》って家出するレベルだ」

「でも、五歳のときに決まってた話だ。俺の勝手で反故《ほご》にしていいことじゃない」

「それこそ、勝手に決めるなって怒っていいとこじゃないのか？　おまえこの先、夫婦だからって、兄貴とやったりするつもりなのかよ」

「やるって」

「わかんだろ、そういうことをだよ」

性的な話をされているのだと気付いて、絢人はついプッと噴き出した。

「俺とユキ兄が？　ないない」

笑いながら、絢人はバタバタと大袈裟に手を振った。

想像もつかない。だって兄弟なのだ。血はつながっていなくても、絢人にとってのユキは揺るぎなく兄だった。

「話になんねえな」

呆れたのか腹を立てたのか、俊哉は鼻から荒くため息をついて、正面に向き直ってしまった。同時に、教室のスピーカーから始業式の開始を告げる放送が流れる。『全校生徒は体育館に集合してください』と繰り返されるのを聞きながら、席を立つ。

「行くぞ、俊哉」

「おー」

せっかちに早足で歩く絢人のうしろを、俊哉がのんびりとついてくる。

兄と性的な関係を持つなんてありえない。

だけどそれなら、籍を入れるわけでもない自分たちは、なにをして夫婦だと言えるのだろう。

俊哉が言うように、たしかに自分はことの本質を理解していないのかもしれない。

——いってらっしゃい、僕のかわいい奥さん。

チュッ、と耳の近くで聞こえた唇の音が生々しくよみがえる。

ユキが、五歳の絢人を妻にしたいと思ったのはどうしてなんだろう。

ユキは絢人に、妻としてなにを望んでいるのだろうか。

「絢人？」

歩をゆるめた絢人を追い越しながら、俊哉が怪訝《けげん》そうに振り返った。

「いや、なんでもない。考えてもしょうがないことだから」

絢人がひとりで考えても、答えなんか出るわけがなかった。ユキが考えていることは、ユキ本人に訊く以外ない。

一度、ユキとちゃんと話をしようと心に決めながら、絢人は校舎の階段を駆け下りた。


その日、絢人のクラスには転校生が来た。

なにをするにもそこそこ不便な中途半端な田舎《いなか》なので、住民の出入りは少ない土地だ。転校生が来るのは珍しい。

始業式のあと、担任教師に連れられて教室にやってきたのは、小柄で色白な少年だった。

「山田《やまだ》キツカくんだ」

体育教師である大柄な担任と並ぶと、ずいぶんと細く見えて、絢人は自分のことは棚に上げ、メシ食ってるのかなあと思う。吹いたら飛びそうだ。

色素の薄い麦色の髪と、薄い茶の瞳が、儚《はかな》げな印象をさらに強くしている。天然の色なら、外国の血が混ざっているのかもしれない。山田という苗字《みょうじ》が彼から妙に浮いて感じる。

クラスの女子たちのお眼鏡にはかなったようで、そわそわと浮き足立ったささやきがさかんに交わされていた。

「よろしくお願いします」

「席は、高千穂の隣が空いていたな」

周囲の席のクラスメイトたちが、空いた席に置いていた私物を慌てて回収する。いままでは便利な物置だった絢人の隣の席に、転校生はまっすぐな足取りでやってきた。

「高千穂絢人だ、よろしくな」

名乗ると、彼は目を眇《すが》めて絢人を見下ろした。

立っている転校生と座っている絢人、という実際の距離よりも、ずっと高いところから見下ろされたような気分になって、絢人はきょとんと目をまたたく。

睥睨《へいげい》、というのはこういう目をいうのかもしれない。

ぽかんとした絢人に、転校生は苛立《いらだ》ったように眉をゆがめて、それからフンと鼻を鳴らして顔を背けた。

都会から来たんだろうか。きらびやかな場所から、突然田舎に放り込まれて不機嫌だとか。そんなふうに想像して、結局は、まあいいかと肩を竦める。機嫌の悪い転校生よりも大事な問題が、自分にはあるのだった。


ユキになにをどう訊ねようかと考えているうちにホームルームが終わって、下校時刻になった。時計を見ると午前十一時になろうとしているところだ。今日はどこの部活も休みだから、絢人もまっすぐ家に帰るつもりだった。

腹が減ったなと思って、それから、離れに帰るなら昼食がないんだと思い出す。

コンビニでなにか買って帰るか、母屋の母を訪ねるか。

考えていると、うしろの席の男子が絢人の肩をちょんとつついた。腕を引かれて教室の隅に連れて行かれる。

「なに、どうかしたのか？」

スス、と他の男子も数名集まってきて、絢人は首を傾げた。

「おまえ、あの転校生と知り合いなの？」

意外な問いかけに、目をしばたたく。

「は？　初対面だけど」

「じゃあなんで、転校生おまえのこと睨《にら》んでんの？」

へ、と絢人は自分の席のあたりに目をやった。ばか、見るな、とクラスメイトたちが絢人を庇《かば》うようにして壁に身体を向けさせる。

でもそれより先に、ばっちりと目は合ってしまっていた。転校生はたしかに、険しい怒りの表情で絢人をまっすぐに見つめていた。色の薄い目が、夜道で会う猫のようだと思う。

「なにかしたのか？」

「してないって。初対面……だと思うし」

あんなに睨まれては自信がなくなるが、会ったことはないはずだ。山田キッカ、という名前にも覚えはない。容姿も名前も平凡ではないから、忘れているということはないだろう。

「でも、めっちゃ睨んでるじゃん」

「ホームルームのあいだもずっとおまえのこと見てたぞ」

「おまえぜんぜん気付いてなかったけど」

口々に言われても、「そうなのか」と困惑するしかない。

そうっと振り返ると、転校生の姿はもう教室になかった。なんとなくほっとする。絢人を囲んでいた男子たちも、安心したように肩の力を抜いた。

「絢人、俊哉に家まで送ってもらったほうがいいんじゃないか？」

「なんでだよ。大丈夫だよ」

絢人は笑って、自分の席に戻る。

睨まれる理由はわからないが、危害を加えられるような心配はないだろう。そもそも絢人個人に向いている敵意なのかどうかもわからない。たとえそうなのだとしても、たぶん誤解だろうから、そのときは話してわかってもらえばいい。

「じゃあ俺帰るから」

中身のほとんど入っていないリュックを背負って教室を出る。

九月になったとはいえ、日差しはまだまだ真夏の眩しさだ。上履きをスニーカーに履き替えて校舎を出ると、太陽が肌をジリジリと焼く。

日陰のほとんどない道を家まで歩くことにうんざりする。途中でコンビニに寄って、冷やし中華を買って家で食べようと決めながら歩いていると、校門の前で「おい」と尖った声をかけられた。

「高千穂絢人！」

声のほうを見ると、先に教室を出たはずの転校生が仁王立《におうだ》ちでこちらを睨んでいる。もしかして、自分を待っていたんだろうかと、絢人は首をひねりながら立ち止まった。

「なに？　俺になんか用なのか？」

「…………」

キッカはむっつりと唇を尖らせて、絢人のすぐ近くまでやってくる。

値踏みをするようにまじまじと顔を見られ、それからちょっと足を引いて全身を眺められ、最後に、クンと首筋の匂いを嗅《か》がれた。

さすがに眉をひそめると、キッカはぴょんと軽く絢人の前から飛びのく。

「なんか里芋みたいだし、生まれたばっかりの匂い！」

いまいちピンとこないが、悪口を言われたのかもしれない。

「おう、里芋はうまいよな」

絢人の答えに、今度はキッカが不快そうに眉を寄せる。他に話があるわけでもなさそうなので、絢人はそれでキッカとの会話は終わりにすることにして歩き出した。

「なんで、統領はこんなのがいいのかわかんない」

「とうりょう？」

なぜか、絢人のうしろをキッカがついてくる。ぴったりとうしろを歩かれ、しかもどうやら睨まれている気配がした。鈍感な自分にも、うなじに突き刺さる視線がわかる。

「おまえも、家こっちなのか？」

「…………」

「もともとこっちで暮らしてたとか？」

「…………」

「俺たち、どっかで会ったことある？」

「………」

返事はない。キツカに、絢人と会話をする気はないみたいだった。絢人は肩を竦めて、それきりキツカのことは気にしないことにした。

黙々と歩いて、神社の前に辿《たど》り着く。気にしないつもりでも、結局背後をついてくるキツカが気になって、コンビニに寄るのを忘れてしまった。しかたないので母屋で母になにか作ってもらおうと、絢人は神社を指さして立ち止まる。

「うち、ここだから」

絢人が言うと、意外なことにキツカは「知ってる」と頷いた。

やっぱり、会ったことがあるんだろうか。少なくとも、キツカは絢人のことを知っているのだ。

「おかえりなさい、絢人」

頭上から声がしたので顔を上げると、鳥居の上にシロさんがちょこんと腰かけている。

「ただいま」

「なんだか獣くさいと思ったら、狐を連れていたんですか。よくよく狐に好かれる性質《たち》なんですね」

狐？　と絢人は振り返る。いるのはキツカだけだ。

「なんのつもりでうちの絢人に近づいたのかは知りませんが、とっとと山に帰りなさい」

「は？　誰が好きこのんでこんな里芋に近づくんだよ！」

「絢人のどこが里芋ですか！　目の悪い狐ですね！」

シロさんが、ひらりと鳥居から飛び降りる。

「おまえこそ、ひとに化けるならもう少し獣の臭《にお》いを隠しなさい。うちで預かってる狐はもう少し利口ですよ」

睨み合うシロさんとキツカを前に、絢人はちょっと途方に暮れた。

理解が追いつかない。つまり、キツカは狐なのか。——狐というのなら、つまり。

「シロさん、どうかしたの？」

騒ぎを聞きつけてか、玉砂利《たまじゃり》を踏んでユキがやってきた。白衣に白袴。決して涼しくない装いなのに、相変わらず汗ひとつかいていない。

「ユキ兄」

「おかえり、絢人」

にこりとユキが微笑む。

狐というならつまり、キツカはユキと同じということだ。そう思って見ると、麦色をした髪や目の色がよく似ている。黒髪黒目の絢人より、よほど兄弟みたいに。

「——統領！」

ひゅっと風のように絢人の横を抜けて、キツカがユキに飛びついた。

「会いたかった！」

さっきまでチクチクと棘《とげ》を含んでいた声が嘘みたいに、甘える声がユキの胸の中からくぐもって聞こえる。絢人は呆然と、ユキに抱きつくキツカの細い背中を眺めた。

「キツカかな？　久し振りだね」

ユキは穏やかに言って、キツカの背中を宥《なだ》めるようにとんとんと叩く。

「ユキ兄の知り合い？」

なんとなくおもしろくなくて絢人が口を挟むと、ユキは「うん」と頷き、キツカの肩を抱いて絢人に向き直らせた。

「山で僕の身の回りの世話をしてくれていた子なんだ。キツカといって、僕が名付け親でもあるんだよ」

「身の回りの世話？　名付け親？」

どちらも「へえ、そうなんだ」と相槌《あいづち》を打てる日常の話ではない。あまり物事を深く考える性質ではない絢人でもさすがに引っかかる。

「統領の小姓《こしょう》の中では、おれが一番目をかけていただいてたんだからな！」

「小姓？」

ゆっくりと順番に理解したいのに、次々と馴染まない言葉が飛び出す。額に手を当てて唸ると、シロさんが不憫《ふびん》がるように絢人を見上げた。

「この生意気なのはおまえが呼んだんですか、ユキ」

「違うけど……。キツカはどうしてここへ？」

ユキに見下ろされたキツカが、ぽっと頬を赤らめた。なんだかますます気に入らなくて、絢人の眉間に深い皺《しわ》が寄る。

「統領のお許しがないのに山を下りてごめんなさい。でもおれ、この夏に統領が帰ってくると思っていたから、そうじゃないって知って、それで……」

キツカはそこで一度迷うように言葉を切った。それから思い切ったように顔を上げて、まっすぐにユキを見上げる。

もはや絢人のこともシロさんのことも眼中にない、一心な態度だった。

「迎えに来たんです。統領、山のみんなも、統領が帰ってくるのを待ってます」

ドキッとして絢人はユキに目を向けた。

迎えに来た。帰ってくるのを待ってる。

ユキに、帰る場所と、待っている者がいることをはじめて知る。

そうだった、シロさんは、結根山には狐がたくさんいると言っていた。ユキは、山での暮らしもひとの暮らしとあまり変わらないと言っていた。

そういう話を聞いていて、なのに絢人は現実のこととして、ユキに、生まれ育ったところや仲間がいると理解できていなかったのだ。

絢人が見つめる先で、ユキは困ったように微笑んでキッカの髪を撫でた。

「――ごめんね、キッカ」

ユキの返事に、キッカの目がはっと揺れる。

「一緒には帰れない。山のみんなにもよろしく伝えて」

キッカは傷ついたようにきゅっと唇を結んで俯いた。泣くのを我慢しているのかもしれない。可哀相《かわいそう》になって、絢人も目を伏せた。

「だけど、統領」

「ん？」

「だけど、……だけど、だって、そんな姿じゃ、長くここには、」

「キッカ」

続きを口にするのを許さない静かで厳しい声に、キッカが打たれたように口を噤《つぐ》んだ。ユキのこんな鋭い声を聞くのははじめてで、絢人もキッカと同じようにはっと背筋を伸ばす。

「……そんな姿じゃ、長くは？」

だから、キッカの発した言葉の内容は、遅れてじわじわと頭に届いた。絢人がキッカの言葉を繰り返すと、キッと、非難のまなざしが絢人に向く。

「なんだよ、おまえなんにも知らないいんじゃん！」

「なんにもって」

「統領のことなんにも知らないくせに、おまえなんかが統領の嫁になるなんて、おれは絶対認めない！」

びし、と人さし指を突きつけられて、絢人は勢いに押されるまま身を反らした。

「認めないって言われてもな」

「統領の嫁に相応《ふさわ》しい狐は他にいくらだっているんだからな！」

キツカ、とユキが窘《たしな》める声を出した。ユキの一声にキツカがぐっと黙るのを見て、こいつもユキ兄のことが好きなんだなあと絢人は思う。

「統領、でも、おれはあきらめないです。統領と山に帰ること。それに、こいつのことも認めないです」

ユキのことを好きで、でも自分の意志は譲れない頑固さは嫌いじゃなかった。悪いやつじゃないんだろうと感じる。

ユキは一言、「残念だよ」と答えた。

キツカは、痛みを堪《こら》える表情を隠すようにユキへ頭を下げて、たっと駆け出した。山のほうへ駆けていく一歩一歩が軽くて動物めいていて、本当に狐なんだなあと絢人は感心しながら見送る。

「絢人、ごめんね」

「なんで俺に謝るんだよ。可哀相なのは山田だろ」

「……山田?」

「あいつ、今日うちのクラスに転入してきたんだ。それだけユキ兄に会いたかったんだな」

ユキは戸惑うような笑みを浮かべ、キツカが駆けていった山を振り返る。

つられるように、絢人も山に目を向けた。

夏の山はこんもりとして、青々と目に鮮やかだった。


夕飯は、なんとなく会話の少ない食卓になった。

「なあ、ユキ兄」

「——うん?」

「ユキ兄は、狐の大将なのか?」

キツカはユキのことを「統領」と呼んでいた。つまり、結根山はシロさんのものだけれど、そこに住む狐を統《す》べていたのはユキだったということなんだろう。

絢人の指摘に、ユキはごまかすように軽く肩を竦めた。

「そんな偉いものじゃないよ。たまたま、僕があの山で一番の長生きだったから、みんなが頼りにしてくれたっていうだけで」

ユキはそう謙遜《けんそん》するが、少なくともキッカはユキのことをすごく慕っていた。

キッカの、ユキを見上げる一心な目と、絢人を睨むきつい目を思い出す。

「あいつ、ユキ兄に、山に戻ってきてほしいって言ってたけど」

「戻らないよ」

絢人の語尾に被《かぶ》せるような、きっぱりと強い声だった。

「でも、」

キッカは気になることも言っていた。そんな姿じゃ長くは、と。

絢人の迷いに気付いたのか、ユキはもう一度はっきりと言った。

「戻らない」

「ユキ兄……」

「僕は絢人のお婿さんだからね」

にこ、と笑う甘さは、絢人のよく知っているユキのものだった。だけど、なんとなく、それ以上の詮索は許されていないのだと感じる。

もしかして、ユキは自分に言いたくないことがあるんだろうか。訊かれたら困ることがあるんだろうか。

ごちそうさまと食器を片付けて風呂に入る。

湯船に浸かりながら、絢人は天井を見上げた。

なんだか長い一日だった気がする。キッカから得た情報を、頭の中で簡単に整理した。

ユキは狐の統領。山では一番の年長者。山の狐はユキが帰ってくることを望んでいる。

「……だけどユキ兄は、俺の婿だから山には戻らない」

知っていることは増えて、なのに、理解が深まったとはとても言えなかった。やっぱりどこか物語めいていていて、身近な問題として自分に迫ってこない。

迎えに来た、と言ったキッカの懸命なようすを思い出す。

本当に、ユキのことが好きで、ユキに帰ってきてほしいのだと、乞《こ》われた当人でない絢人にも伝わる必死さだった。もし絢人がユキだったらきっと、「わかった」と頷いて山に帰っただろうと思う。

だけどユキはそうしなかった。

絢人の婿だからだ。

湯船に鼻まで浸かって、ぶくぶくと息を吐き出す。

「婿、か」

何度考えたって、絢人の中で一際ふわふわとしているのはその部分だ。

それで思い出す。キッカがやってきたせいですっかり忘れていたが、ユキと話をしようと思っていたことがあったのだった。

ざば、と風呂から上がる。ふかふかのバスタオルで身体を拭き、暑かったが我慢して、T

シャツと短パンを身につけた。

ユキに「人妻なのだから慎みを持って」と言われて以降も、絢人は、着替えを用意するのを忘れたりなんだりで、何度か下着一枚でバスルームを出た。そのたびにユキに「またそんな恰好で」と眉をひそめられ、最近やっと風呂あがりにすぐ服を着る習慣がついたのだ。

絢人はキッチンで立ったまま冷たい牛乳を飲みながら、ユキのようすを窺《うかが》う。

ユキはリビングのソファで絢人が買ってきた漫画雑誌を眺めていた。漫画を好きなわけではないけれど、絢人が好きなものを知りたいんだと言って、いつも買っている週刊雑誌には
ユキもかならず目を通すのだ。

長い脚を組んだ膝の上で雑誌のページをめくっているだけなのに、やたらと絵になっている。

「絢人？」

「あ、うん」

おいで、と言われてユキの隣に腰かけた。

「ユキ兄、ちょっと話いいか」

「もちろん」

ユキは雑誌を閉じて、絢人のほうへ膝を向けた。

なにからどう話せばいいのか迷う。

「――あのさ、やっぱり俺、夫婦っていうのがよくわからない」

わからないあまりに、シンプルな直球になりすぎた。ユキが整った目をぱちぱちとまたたかせる。

「俊哉に、おまえはことの本質を理解してないって言われたけど、たぶんそういうことなんだと思う」

絢人はそこで一度迷って、だけどあらためてまっすぐユキを見て口を開いた。

「自分がなにをすればいいのかわからないし、なにができるのかもわからない。俺はユキ兄の嫁になれる自信がないんだ。ユキ兄は、こんな俺と、こんな生活で本当にいいのか？　求めてくれるひと――狐？　がいるところに帰ったほうがいいんじゃないか？」

絢人だって、ユキのことが大切で、失いたくない。

だけど、そのために自分ができることがわからないのだ。なんのためにユキがここにとどまってくれるのかがわからなくて、単に、自分が幼いわがままでユキを引きとめているだけのように感じている。

キツカの必死さは自分にはないものだ。婿に来いなんて言ったけれど、それは絢人にとってさして大きな決断ではなかった。その程度のことでユキに自分を選ばせようなんて、図々《ずうずう》しい話のように思える。

ユキは絢人の真意を探るように瞳の中をじっと見つめて、それからふっと苦笑した。

「絢人はもしかしたら僕のことを、やさしくて無欲だと思っているのかな。僕が無知なきみのことを我慢しているって思うの？」

絢人が頷くと、ユキはかすかに眉を困らせる。

「まあたしかに、有無を言わせず山に連れて行くほうが、絢人にとってわかりやすいよね。約束だったからって言って、きみを閉じ込めて、妻だから僕に尽くせって命令して、夫婦だからってセックスを強要する。絢人は責任感が強い男の子だから、きっと腹をくってなにもかも受け入れてくれるんだろうな」

そうかもしれない。ユキがそんなことをするとは思えないけれど、少なくとも、自分の立場はわかりやすかった。借金の形になんとかとか、生贄《いけにえ》に選ばれてなんとかとか、本や漫画にもよく出てくる。

自分がしたこと、決めたことに対する責任を、そういう形でしか取れないなら、きっと自分は受け入れるだろう。

「だけど僕がなにも要求しないから困ってる。絢人は、僕と、なにかもっとはっきりした行為でもって、夫婦らしい形を整えたいんだね。それで、自分が僕との契約の義務を果たしているっていう実感がほしいのじゃない？」

それもたぶんそうだ。ユキは本当に、絢人のことをよくわかっている。

「でも、僕はそれじゃ満足できないんだ」

ふ、とユキの気配が近づいた。身を乗り出してこられて、力で押されたわけでもないのに自分の身体がゆるゆるとうしろに倒れる。

絢人はまばたきも忘れてユキを見上げた。自分にのしかかった身体に天井の明かりを遮られると、影がさしたユキの容貌《ようぼう》から穏やかな甘さが消える。

息を止めた絢人の額に、ユキの額がこつんと重なった。

「ねえ絢人。結婚って、好きな相手とするものだよね。恋をして、この人と生きていきたいって思うから、そういう約束を結ぶ」

吐息が触れるのがくすぐったくて落ち着かない。だけど目を逸《そ》らせなくて、絢人は焦点も合わない間近の距離で、ユキをただ見返した。

「僕も絢人とそういう当たり前の結婚がしたいよ。恋をして、結ばれたい。順番が間違ってるって言われたら返す言葉もないけど、これまで絢人のお兄ちゃんとしてここで生きてきて、これがいまの僕の、強欲で、正直な気持ち」

トトトと、いつもより胸の鼓動がはやい。

「好きだよ、絢人」

ユキ兄、と絢人は声もなく口を動かすことしかできなかった。

「もちろん、いますぐには無理だってわかってる。絢人にはまだはやいって、前にも言ったよね。でもそのことを、僕はかなしんでもいないし、落胆もしていない。なにもかも、これからだと思っているからね。僕は気が長いんだ」

そういえば、こんなやりとりは前にも一度したのだった。ダブルベッドを買わないのかと軽率なことを言ってユキを呆れさせたことを思い出す。

「だけど覚えておいて。僕はきみと恋がしたいよ。絢人に僕を好きになってほしい。だからこそ、いまはこれで充分だと思ってる。これからも絢人がいやがることはしないって約束するから、山に帰れなんてひどいこと言わないでほしいな」

「うん、……ごめん」

腕を引かれて起き上がる。しょんぼりと俯く絢人に、ユキは明るく切り替えた声で言った。

「キスをしてもいい？」

びっくりして顔を上げると、ユキはにこにこと絢人を見つめている。

夕飯の献立とか、明日の天気とか、そういう話をするみたいな、いたって普段と変わらないトーンで返事に困る。キスなんてまだ一度もしたことがない。ファーストキスは大事にしたいなんて乙女《おとめ》めいたことを思うわけではないが、簡単には頷けなかった。

「……だめだ」

迷った末にきっぱりと断ると、ユキはにこりとやさしく笑った。

「うん。これからもそうやって、考えて、そのときの絢人の本当の気持ちを教えて？　僕はどんな絢人でも大好きだから」

本当にそれでいいのかはわからなかった。だけどいまはただ、ひたすらに自分に向けられるユキの気持ちがくすぐったくて、戸惑いながら頷くことしかできなかった。

九月の後半にさしかかり、急に雨が増えた。その日も午後から雨が降り出し、絢人はしまった、と思いながら教室の窓から外を眺める。

午後から雨だと朝の天気予報でも言っていたのに、傘を持ってくるのを忘れたのだ。予報では明日まで降り続くと言っていたから、待っていればやむということはないだろう。

しかたない、濡れて帰るか、と帰り支度《じたく》をはじめると、ズボンのポケットでスマートフォンが振動した。

SNSのメッセージはユキからで、「迎えに行くね」という短い文章と、語尾に傘の絵文字が添えられていた。「大丈夫」と返事を打つと、「そうしたら濡れて帰ってくるんでしょう？いい子で待ってて」とすぐに返ってくる。

キツカに見つかると面倒だな、と絢人は教室を見回した。

ユキに「山には帰らない」と言われてからも、キツカは毎日学校に通ってきている。絢人への敵意は相変わらずで、たとえば体育の授業中に転ばされそうになったり、キツカが日直のときに絢人のノートだけ集めてもらえなかったりするが、どれも些細《ささい》なことなのでたいして気にはならなかった。

気にかかるのは、あきらめない、という一言だけだ。

キツカはまだ、ユキを山へ連れて帰る気でいる。この半月、ユキの周りでキツカの姿を見たことはないが、いつかなにかの行動を起こすつもりでいるんだろう。

なるべくなら、ユキとキツカを会わせたくない。薄い煙のような不快感をともなってそう感じることに、自分で驚く。なんだろうこれは。

それから絢人ははっとして立ち上がった。キツカがすでに教室にいないのなら、もう帰り道を歩いているのかもしれない。キツカが帰る山は、絢人の家の先にある。途中でふたりがばったり行き合う可能性は充分にあった。

通学用のリュックを片方の肩に引っかけて、教室を飛び出した。階段を駆け下りて、昇降口でもどかしく上履きをスニーカーに履き替える。

校舎を出て、雨に濡れながら校門へ向かうと、ちょうどユキの長身が門の向こう側に見えた。

「ユキ兄！」

「――絢人？」

転がるようにして駆けつけると、ユキは驚いた顔をして、絢人に傘を傾ける。

「どうかしたの？」

おっとりと訊ねられ、絢人はほっと肩の力を抜いた。

「いや、もしかしたら、途中でって思って」

「なにの途中で？」

「……なんでもない。いいんだ」

ユキの顔を見たら、自分がなにを心配していたのかわからなくなった。道の途中でキッカに会ったって、絢人が困ることなんてきっとなにもない。

ユキが持ってきてくれた透明なビニール傘を開く。軽いし視界がいいので、絢人はもっぱら安いビニール傘を愛用していた。ユキがさしているのは、絢人が一昨年《おととし》のクリスマスにプレゼントした藍色《あいいろ》の傘だ。濃い色の影に、ユキの明るい髪の色が映える。

しとしとと降る細い雨の中、他愛もない会話をしながらゆっくりと家路を辿った。

昔から、ユキは学校の話を聞きたがる。授業のこと、先生のこと、給食、部活、友だち、休み時間。

どんな些細なことでも、ユキはいつも、特別大事なことみたいに耳を傾けた。

「それで、体育祭では応援団をやることになって――」

ズボンのポケットからの振動に、絢人は話を中断した。スマートフォンを引っ張り出すと、メールが一件届いている。開いて文面にざっと目を通し、絢人は「えっ」と声を上げた。ユキが「どうしたの？」と首を傾げる。

「小学校、なくなるんだって」

「小学校って、絢人の通っていた？」

そう、と絢人は頷いた。

メールには、絢人の卒業した小学校が統廃合でなくなること、来年には取り壊しが決まったことが記されてあった。だから、その前に校舎で集まってクラス会をやろう、と書いてある。差出人は、六年生のときのクラス委員だ。

「それはさみしいね」

ユキの静かな声に、絢人もしんみりと地面に目を落とす。

絢人の家はちょうど学区の端にあって、徒歩で通うには少し遠い小学校だった。距離的には隣の学区の小学校のほうが近くて、そっちに通いたかったと思ったことも一度や二度じゃない。

だけど学校は好きだった。古い木造校舎だったから教室にエアコンはなくて、夏は天井近くで扇風機がブウブウ音を立てて回っていたことを思い出す。

「小学校の頃から、アーヤは人気者だったよね」

昔を懐かしむユキの穏やかな声に、絢人は顔を上げた。

「学芸会の主役もやったし、リレーはいつもアンカーだったし、クラス委員もやったでしょう」

「クラス委員は五年生のときだけな」

「元気で面倒見がよくて礼儀正しくてって、家庭訪問のときも、担任の先生はいつも絢人のこと褒《ほ》めてたよ」

そんなことは知らなかったし、手放しで褒めちぎられるのはむずむずと居心地が悪かった。小学校時代の自分が特別目立っていたとは思わない。

だけど、リレーのアンカーも、学芸会の主役も、選ばれたときは嬉しかった。だから、ユキが覚えていてくれることも嬉しい。

「懐かしいな。一年生になったばかりの絢人はとても小さくて、こんなに小さな子にあんな大きなランドセルを背負わせて、毎日たくさん歩かせて学校に通わせるなんて、人間はなんてひどいんだろうって思ったよ」

幼い頃から絢人は華奢《きゃしゃ》で小柄だった。絢人自身、小学校の入学式の写真を見返すと、ランドセルに背負われているみたいで、よくこれで学校に通ったなと他人事《ひとごと》のように感心するくらいだ。

「絢人は覚えてないかな？　あんまり心配で、僕はしばらく小学校まで絢人のあとをついていってたんだよ」

初耳だ。絢人が「知らなかった」と言うと、ユキは「そう？」と首を傾げる。

「でも、気付いてたと思うよ。ランドセルを背負ってよちよち歩きながら、絢人が何度も振り返るんだ。僕はうまく隠れていたはずだけど、ある日絢人が言ったんだよ。『大丈夫だ、心配するな』って。恰好よかったな」

「ぜんぜん覚えてない」

「小さかったものね。それを聞いたら引き下がるしかなくて、ついていくのはその日でやめにしたんだけど、あのときはさびしかったなあ。つい泣いてしまって、お父さんとお母さんに呆れられた」

そのようすが想像できて、絢人はついぷっと笑ってしまった。

「よかった、笑った」

ふっと、ユキが安堵《あんど》の笑みを浮かべる。

「最近、難しい顔で考え込んでることが多いから心配してたんだ。ごめんね、絢人」

いや、と絢人は曖昧に首を振った。

たしかにわからないことばかりで、始終考えごとをしているけれど、それを負担には思わなかった。考えて、伝えて、話し合う。そうして、ちゃんと疑問を潰したいというのは絢人自身の意志だし性格だ。

遠くに神社が見えはじめたところで、ザッと急に雨脚が強くなった。傘を強く叩く雨音に、一瞬、周囲に誰もいなくなったように感じる。

はっとして、絢人は立ち止まり振り返った。

「――え？」

ぞわ、と背筋が寒くなる。

ユキがいない。藍色の傘だけが、風にあおられて道路をころりと転がった。

前にも同じことがあった。一緒に買い物に出かけたときのことだ。

「ユキ兄……！」

動揺に声が掠《かす》れる。けれど絢人が呼ぶと、以前と同じで、背後からすぐに返事が聞こえた。

「絢人？」

優雅な仕種で傘を拾い上げて、ユキが微笑む。

絶対におかしい。振り返るといないのも、傘だけが残るのも、呼べばあらわれるのも。

だけどそれを指摘することはなぜかできなくて、絢人は顔を強張らせたまま「なんでもない」とごまかして首を振った。


ゴロゴロと、空でいやな音がしている。

絢人は掃除の手を止めて、曇り空を見上げた。

生ぬるく湿った風と、朝から薄暗い空。台風が近づいているのだ。

昨日の予報では、今夜から明日にかけて、非常に強い勢力を保った台風が上陸する、と言っていた。外出はなるべく控えるようにと呼びかけるテレビ番組の天気予報を思い出して、絢人はブルッと身を震わせた。

苦手なものはあまりない。偏食はしないし、虫も動物も大丈夫、ホラー映画も絶叫マシーンも怖くない。

だけど、嵐だけはどうしても苦手だった。

ゴウゴウと荒れる風の音、横殴りの雨、ざわつく木々、絶えずガタガタ鳴る窓、猛スピードで流れる黒い雲、家の外をなにかが転がってゆく音。なにもかもが怖くてしかたない。だから、夏は好きだけど憂鬱《ゆううつ》な季節でもある。台風が来るのは決まってこの時期だ。

「まだ嵐が怖いんですか、絢人」

いやだなとため息をついた背後から急に声をかけられて、絢人はその場で小さく飛び上がった。

「びっくりした、シロさんか。おはよう」

絢人が振り返ると、シロさんは「おはよう絢人」とかわいらしく笑う。

「野分《のわき》が来るんですね。絢人、今日は寄り道せずにまっすぐ帰ってくるんですよ」

遠く西のほうに目をやるシロさんを真似《まね》るように、絢人もふたたび空を見上げた。

シロさんが「来る」と言うなら本当に来る。進路が逸れるならシロさんはそう教えてくれるからだ。

「だけどそんなに大きくありませんから、心配しなくて大丈夫です」

「そんなのわかるの？」

「ぼくを誰だと思ってるんですか」

ふん、とシロさんが胸を反らす。そうだった、シロさんはうちの神さまなのだ。絢人は友だち感覚で接してしまうが、宮司である父は、シロさんへ、敬意を払った丁寧な態度を崩さない。

「賢哉だって昔は絢人みたいでしたよ。むしろあれは絢人よりずっとやんちゃでしたから、ぼくへの態度もずいぶんと失礼だったものです」

「マジか」

「先代の春人《はると》もそうでしたね。だから、絢人もおとなになったら変わるんだと思いますよ。いつもそれは、さみしくて、でも誇らしい瞬間です」

シロさんの微笑みが、急に年嵩《としかさ》に見えた。

父の賢哉、祖父の春人、曾祖父《そうそふ》の代も、さらに前もその前も、シロさんはずっとここで、土地と、人を見てきたのだ。

絢人にはずっとずっと先の話のように感じる将来のことも、シロさんにとってはすぐに訪れることなのかと思うと不思議だった。

だって絢人はまだ、自分の目先のことだってなにもわからないのに。

「絢人？」

ひょ、と移動の気配もなくシロさんが絢人の正面にあらわれた。さっきも、急にうしろに立っていたから驚いたのを思い出す。

「そっか、神さまだからか」

「なにがです？」

絢人が突然納得したように手を打ったので、シロさんが驚いて目をまたたかせる。

「最近、よくユキ兄が見えなくなるんだ。振り返るといなくて、でも呼ぶと出てくる。変だなと思って気になってたんだけど、神さまだから、普通に出たり消えたりするんだな」

ユキが長く生きている狐だということを、自分はたびたび忘れてしまうのだ。これまでずっと実の兄だと思ってきたから、ユキにもつい、人間の常識を当てはめてしまう。

たとえば、シロさんがいま目の前でぱっと消えても、絢人はたぶんびっくりはするけど心配はしない。ユキに対してもそう思うべきなのだ。

「――――」

けれどシロさんは、深刻そうに顔を曇らせた。

「……シロさん？」

「絢人、それはたぶん、よくないことです。普通じゃない」

予想外の反応に、絢人は笑った頬を引き攣《つ》らせた。

「よくないこと」

「だって、いままではそんなことなかったから絢人は気にかかっているんでしょう？　ユキが意図的にしていることなら心配はないと思いますが」

「意図的って？」

「絢人を驚かせたかったとか……」

言いながらシロさんも、ユキがそんな子供じみたことをするわけがないと思うのか、首を傾げてしまう。

「ユキ兄は、自分が消えてることに気付いてないみたいだった」

驚かせたかっただけなら、慌てる絢人を見て「びっくりした？」「こんなこともできるよ」と種明かしをするはずだ。だけどユキは戸惑って呼びかけた絢人に、まるで最初からそこにいたみたいに返事をした。

「姿を保つことが難しくなってきているのかもしれませんね。そのことに、ユキはまだ自分で気付いていないのかも」

「どういうこと？」

「ぼくの山は清浄に守られた神域です。そこで暮らしている狐たちにとって、人里の空気は毒みたいなものなんだと思います。ユキは高位の狐ですから、そういう影響はあまり受けないほうなはずですが、……あれはいま、霊力を封じられていて、」

「絢人、シロさん」

はっきりと通る声に、シロさんの言葉が途中で途切れる。振り返ると、袴姿のユキが鳥居をくぐってくるところだった。

「ユキ兄」

「やっぱりまだここにいた。学校に遅れるよ」

ユキの微笑みはいつも変わらず、重苦しい曇り空の下でも爽やかに整っている。絢人はユキに歩み寄り、白衣の腕を摑んでみた。

ちゃんと握れて、それでもひりひりと胸が不安を訴える。絢人はそのまま、ユキの胴に両腕を回してぎゅっと抱きしめた。

「絢人？」

不思議そうにしながらも、ユキは絢人の背中を軽く抱き返してくれた。ぴったり抱き合うと、ユキの体温と鼓動が絢人の身体に直接届く。

あたたかさにほっとして、絢人は目を閉じ、ユキの呼吸に自分の息を合わせた。ゆっくり二回深呼吸をして、ほとんど委ねきっていた身体を起こす。

「学校行ってくる」

本当に、わからないことばかりだ。とくに、ユキのことは。

このままにしておいたらいけないと、焦るような気持ちで思う。

時間は無限じゃない。自分にとってはもちろん、ユキにとってだって。そのことをあらためて思い知る朝だった。

だけどこういうときに限って、話が聞けそうな相手がいないのだった。

一日空いたままだったキッカの席を見やって、絢人は肩を落とした。訊いても話してくれないかもしれないけれど、いま絢人がユキのことを訊ねられるのはキッカしかいない。必要なら土下座《どげざ》でもして聞き出そうと思っていたので、当てが外れて落胆する。

部活が終わって体育館を出ると、朝より風がだいぶ強くなっていた。

まだ夕方なのに夜みたいに暗い。雨はまだ本格的ではないが、ときおり風に紛れて大粒の水滴が肌に当たった。

「今日俺、おまえんとこ寄って帰るわ」

俊哉が突然そんなことを言うので、絢人はかたわらの長身を見上げた。

「うちのばあちゃんの具合があんまりよくないからお参りしてく」

へたな言い訳だと、絢人は苦笑した。

絢人が台風を苦手なことを、俊哉も知っている。心配して、送ってくれようというのだろう。ありがたく甘えることにして、並んで学校を出た。

歩幅は俊哉のほうがずっと大きいが、絢人のせっかちさのせいで、ふたりで歩くとちょうどよく並べる。俊哉はせかせかと歩く絢人を見下ろして「相変わらず競歩みたいだな」と肩を竦めた。

神社に着くと、社務所はすでに閉まっていた。授与所のガラス戸に、普段は使っていない木の雨戸が立ててある。

「おかえりなさい、絢人」

声に目を向けると、シロさんが賽銭箱《さいせんばこ》に腰かけていた。

「送ってもらったんですね、よかった。いい友人を持ちましたね」

にこにこするシロさんに、俊哉が「ちわ」と頭を下げる。

「シロさん、ユキ兄は？」

「ここだよ」と声がして、振り返ると、社務所から袴姿のユキが出てくるところだった。絢人が駆け寄って傘をさしかけると、ユキは「ありがとう」と微笑んで絢人の手から傘を取り上げる。絢人のビニール傘はさして大きくないから、自然と、肩をぴったりつけて寄り添う形になった。

「俊哉くん、こんにちは。いつも絢人と仲良くしてくれてありがとう」

俊哉は一瞬「誰だろう」という顔をした。それから、やっと絢人の兄だと気付いたようで「ちわ」と頭を下げる。

「送ってもらったんだね、よかった」

ユキも、シロさんと同じことを言った。ふたりとも、絢人が嵐を苦手だと知っているとはいえ、ちょっと過保護だ。

「心配で、迎えに行こうと思っていたところだった」

「大丈夫だよ」

「本当に？　怖くない？」

「まだ雨が降ってるだけじゃん」

俊哉がいる前でユキにこうして構われるのは、なんだか気恥ずかしい。いつもは受け入れる、自分に向かって伸びる指を、照れ隠しの仕種でやんわり押し戻す。はにかむ絢人を、俊哉が不思議なものを見るような目で眺めた。

「ユキ、ちょっと手伝って」

社務所から母の声がして、ユキが「はい」と振り返る。

「ごめんね、行かなきゃ」

絢人は頷いて、ユキから傘の柄を受け取った。するとすかさずチョイチョイと猫の子をかわいがるような指で頬を撫でられる。

「もう、ユキ兄」

「俊哉くん、絢人を送ってくれてありがとう。きみも気をつけて帰るんだよ」

「ありがとうございます」

ユキが社務所に帰ると、俊哉は呆れたような感嘆のような息をついた。

「なんだよ」

「いや、おまえ、猫かわいがりされてるなーと思って」

「そうかな」

「そうだよ。そうだった、普通の兄弟の距離感じゃなくて、いつも見るたびびっくりするんだった」

なんだよそれ、と絢人は眉を寄せる。

「なんかすごいイケメンにめちゃくちゃに甘やかされてるおまえ見てると……」

そこで俊哉は、不自然に言葉を途切れさせた。

「なんだよ、どうした」

「いや、おまえの兄貴ってどんな顔だっけと思って」

「ハア？」

「いや、ごめん」

いま会ったばかりなのに変なことを言う。だけど俊哉自身も戸惑っているようだった。必死にユキの顔を思い出そうとしているらしい仕種に、絢人も困惑するしかない。

「しかたないことです、あれは狐ですから。無理しなくていいんですよ」

穏やかに、そう言ったのはシロさんだった。俊哉はシロさんを見下ろして、それから「そうか」と合点《がてん》がいったように頷いた。

「なんとなくわかりました」

「え？　なにが？」

「何度会っても、たぶん俺はおまえの兄貴の顔を覚えられないいんだと思う。俺だけじゃなくて、おまえと家族以外はみんな」

「は？」

言ってる意味がまるでわからない。絢人は顔をしかめたが、シロさんは「聡《さと》いですね」と俊哉を褒めた。

「絢人は鈍すぎです」

やれやれというようにため息をつかれる。

「でも、近すぎると見えないことがあるってよく言います。陳腐だけど、絢人見てるとそういうことかって思う」

フォローなのかなんなのか、そう俊哉が言い、シロさんも「なるほど」と頷いた。

「じゃあ俺帰るわ。また明日な」

鳥居をくぐっていく俊哉を見送ってから、絢人はかたわらのシロさんを見下ろした。

「俊哉にはユキ兄が見えないのか？」

絢人の問いに、シロさんは呆れ顔だ。

「そもそも、絢人はユキの外見が年をとっていないことに気付いていますか？」

「え？　……あ！」

言われてみれば、と気付いてびっくりする。絢人の記憶のユキはずっといまの姿だ。

「身近にぼくがいるからおかしいと思えなかったのかもしれないですが、普通、兄弟は一緒に成長するものですよ」

本当に、まったくそのとおりだ。

「だからユキは普段、自分の姿を揺らがせているんです。印象に残らない、思い出そうとしてもできない。絢人と家族以外、誰に訊いてもそうだと思いますよ」

これまでなにひとつ疑問を感じてこなかったんだろうか。自分で自分が心配になって、絢人は懸命に記憶を掘り起こした。

——もう訊かないで。

よみがえった昔の記憶にはっとする。

まだ幼い頃の、絢人の誕生日だ。「ユキ兄の誕生日は何月何日？　いくつになるの？」と訊ねた絢人に、ユキはひどくかなしそうな顔をした。

——ごめんね、教えてあげられない。

——もう訊かないで、アーヤ。

絢人を抱きしめてそう言ったユキの声が頼りなげで痛々しくて、いまにも泣いてしまいそうに感じて、びっくりして泣き出したのは絢人のほうだった。

そのとき思ったのだ。これ以上訊いたらきっと、ユキは自分のそばからいなくなってしまう。それは妙な確信で、だからもう二度とこんな質問はしないと決めた。

「絢人は本当に、ユキが好きなんですね」

シロさんが、困った子を見るような目で絢人を見る。

いままでなら、「好きだよ」とてらいなく答えられていたと思う。だけどそのとき絢人は答えを躊躇《ちゅうちょ》した。

ユキのことは好きだ。なのにどうしていまその一言が出ないのか、わからなかった。


離れに帰り、風の音にビクビクしながら急いでシャワーを済ませ、ユキとふたりで夕飯を食べた。食卓にはいつものように絢人の好きなものばかりが並ぶが、箸はあまり進まなかった。窓がガタガタ鳴るたびに、そっちのほうが気になってしまう。

夜になり、雨脚はかなり強くなっていた。テレビの画面は縮小され、L字の部分に交通情報や警報が表示されている。

こんな日はとにかく寝てしまうに限る。絢人はてばやく食事の後片付けをし、ユキにおやすみを言って自分の部屋へ引っ込んだ。

すべりが悪いアルミの雨戸を閉めて、いつもはつけない豆電球をつけたままにしてベッドにもぐりこむ。エアコンをつけて頭まで布団を被ったが、すぐには眠れなかった。雨戸も風に揺れて音を立てるし、そもそも建物自体がそれほど丈夫に作られていないから、ミシミシと軋《きし》み続けている。

今夜だけでも、母屋に帰ればよかったと少し後悔する。母屋には窓のない納戸があって、埃《ほこり》っぽくて狭いけれど、そこなら嵐の音が届かないのだ。台風のとき、絢人は決まってそこに避難していた。

家の中にいて、命の危険があるわけでもないのに、どうしてこんなに嵐が怖いのか自分でもわからない。友人たちなんかは、台風が来るとワクワクすると言う。

だけど絢人は、得体の知れないなにかが近くに迫っているようで、世界でひとりきりになったようで、うまくは言えないけどとにかくいやなのだった。

はやく朝になればいいのに。

祈るような気持ちでそう思っていると、コンコンと部屋のドアがノックされた。

「大丈夫？」

ドアが開いて、ユキが部屋に入ってくる気配がする。ベッドの端が少し沈んだので、そこに腰かけたのだろう。続けてポンポンと布団を叩かれたが、絢人は顔を出すことも返事をすることもできなかった。

「ねえ、今夜だけ、アーヤのお兄ちゃんに戻っていいかな」

絢人を甘やかしてくれる、穏やかでやさしい声だった。そろそろと布団を引き下げると、ユキがにこりと笑う。

「抱っこしてあげる。そっちに寄って？」

ユキは絢人をベッドの端に促すと、空いたスペースに横になった。狭いシングルベッドなので、ふたり寝るとぎゅうぎゅうだ。ユキが腕を開いて絢人を抱き寄せると、それでやっと少しだけ余裕ができる。

「尻尾も貸してあげようか」

ぽふん、と軽い音がして、ユキの大きくてふかふかの尻尾が絢人を包み込んだ。

ユキの身体と、声と、尻尾が、あたたかくて気持ちよくて、絢人はそろそろと強張っていた身体の力を抜いた。

このまま眠れるかもしれない。

うっとりとそう思ったとき、アルミの雨戸になにかが当たってガンと鋭い音を立てた。びく、と絢人が身を竦ませると、ユキの手が励ますように絢人の背中や肩を撫でる。

「よしよしアーヤ、大丈夫だよ。こわくない、こわくない」

髪にささやきが埋められ、器用な尻尾がぽふんと絢人の耳の上に乗った。やんわりと耳を塞《ふさ》がれると、荒れた音が遠ざかる。

「——ありがとな、ユキ兄」

最近のユキは絢人に、妻としての自覚を持たせたがる。

風呂から裸で出てきたらいけない。ソファでユキに寄りかかってうたた寝するのもいけない。そういう決まりがいくつかできたから、今夜だって絢人から一緒にいたいとは言えなかった。言ってもきっとだめだと拒まれるだろうと思っていたのだ。

だけどこうして絢人を甘やかしに来てくれた。そのことがくすぐったくて、嬉しい。

「ありがとうなんて言わないで。——絢人が嵐を苦手なのは、僕のせいなんだから」

驚いて顔を上げると、胸元に抱いた絢人を見下ろして、ユキが微苦笑した。

「覚えてないよね。絢人が山で迷子になったとき、それはもう強い風が、長く続いたんだ」

静かな声の昔話に、絢人は耳をすませる。

「山全体が鳴るみたいな風が、何度も何度も山を吹き上げて、吹き下ろした。——シロさんが、絢人を探していたんだ。僕は絢人を手放したくなくて、見つからないように抱きしめて必死でシロさんから絢人を隠した」

シロさんが、絢人を探したのにユキに隠されたと言っていたのを思い出す。

神さまが絢人を探して、狐が絢人を見つからないよう隠した。そんなことが五歳の自分の身に起こっていたなんて、いまだに信じられない。

そのときを再現するみたいに、ぎゅっと胸の深くに抱き込まれる。安心するのにそわそわする妙な感覚に、絢人はこっそり身を縮めた。

「僕の焦りと必死が、絢人を不安にさせたんだね。執拗《しつよう》な風が自分を探していることにも、本能で気付いていたんだと思う。最初は、『大丈夫だ、こわくないぞ』って絢人がずっと僕を励ましてくれていたんだよ。そのうち絢人のほうがそわそわして怖がりだして、でも泣くのを我慢して僕のこと守って抱きしめようとしてくれた。なんてかわいいんだろうって思った。いとしくてたまらなくて、ますます返したくなくなった」

ますます強く抱きしめられる。今夜は兄に戻ると言っていたのに、この腕は兄の腕じゃない。絢人のまるごとを、大切に独占しようとする腕だった。

「ずっと、山にいるつもりだったのか？」

絢人を連れてきたユキは、「けじめをつけに来た」と言ったとシロさんは話していた。絢人を妻にするために、絢人の家族に挨拶をしに来たんだと。

だから絢人がそのとき泣かなければ、ユキは父と母に挨拶だけをして、また絢人を連れて山に帰ったのだろう。

「そうだよ」

頷くユキの目は、絢人を不憫がっているように見えた。

「絢人がほしくて、自分のものにしたくて、それだけが僕の望みだった。絢人を僕の伴侶に

して、この先何百年、何千年と、あの山で一緒に暮らしたかった」

神域で、禁足地である結根山。シロさんの神気に守られている清浄な場所。

――絢人、それはたぶん、よくないことです。

シロさんの言葉がよみがえる。

山で暮らす狐にとって、人里の空気が本当に毒なのだとしたら、いまユキは、耐えがたい環境の中、とても我慢をしているということになる。――絢人のために。

このままここで暮らし続けたら、ユキはどうなってしまうんだろう。弱って、消えてしまうなんてこともあるんだろうか。そう考えるとぞっとした。

失いたくない。

絢人は無意識に、縋《すが》るようにユキの背中を抱きしめた。厚みのあるしっかりとした身体にほっとする。ぎゅっとしがみついた絢人に、ユキの背中の筋肉はかすかに緊張してかたくなった。

「――俺を山に連れて帰ろうとしたのは、ユキ兄が、山でないと生きられないからか？」

ユキが静かに息を止めるのも、ぴったりとくっついた身体に伝わった。絢人もじっと息を止めてユキの答えを待つ。

外でゴゴウと音がして、雨戸が揺れ天井が軋む。反射的に、猫の子のようにぴゃっと身を竦ませると、ユキはまるで赤ん坊にするように、抱いた絢人の身体を軽く揺らした。

「大丈夫。朝にはすっかりやんでいるよ。おやすみ、絢人」

翌朝はきれいに晴れた。真夏のような暑さと晴天は気分がよくて、絢人は目覚めてすぐにいつもの調子を取り戻す。朝の掃除を鼻歌混じりに終えて登校すると、昨日は休みだったキツカがすでに教室にいた。物憂げに、頬杖《ほおづえ》をついている。

ユキに人里の空気が毒なら、キツカにとってもそうなんだろうかと、絢人はついかたわらに立ち止まって小さな身体を見下ろす。

キツカも、つらいのに無理をしていて、それはユキのためなんだろうか。

「なにジロジロ見てるんだよ」

視線に気付いたキツカが、顔をしかめてギロリと絢人を見上げる。

「いや、昨日休んでたからちょっと心配で」

「ハア？　おまえなんかに心配されるいわれはないんだけど！」

キャン、と噛《か》みつかれて、絢人は「ごめん」とつい謝る。謝られると思わなかったのか、キツカは一瞬居心地悪げにして、それをごまかすようにぷいっとそっぽを向いた。

「あのさ、訊きたいことがあるんだけど」

絢人は、自分の席の椅子を引きながら続けて話しかける。

「は?」

「ユキ兄のこと、教えてほしいんだ」

絢人の言葉に、またキツカの怒りが弾ける。

「なんでおれがそんなこと! 教えるわけないだろ、おまえなんかに!」

そう返されるだろうとは思っていた。だけどここで、「そっか、そうだよな」と話を終わらせるわけにはいかない。

「頼むよ、ユキ兄に訊いてもはぐらかされるばっかりで、なにも教えてもらえないんだ」

絢人が顔の前で手を合わせると、キツカはわずかに気をひかれたようにチラッと視線をこちらへ向けた。

「……それでよく夫婦とか言えるね。ぜんっぜん統領に信用されてないんじゃん」

キツカの放ったチクチクした棘が、絢人の胸に的確に刺さる。

本当にそうだ。たぶん、いまにはじまったことではないのだと思う。これまではおめでたくも絢人がユキについてなにも疑問を持っていなかったから気付かなかっただけで、最初から、ユキは絢人に最低限のこと以外は話すつもりがなかったのだろう。

ユキが勝手に決めた、絢人が踏み込んではいけない一線がある。絢人は知らなくていいことと、ユキがひとりで決めたことがある。そんなのはあんまりだ。

だってこんなのは夫婦とは言わない。なのに兄弟でもない。

ユキのことをこのままなにも知らずに過ごすなら、夫婦でもなく、家族でもなく、絢人はユキにとってなんでもない存在になってしまう。

「お、おい？」

絢人が暗く肩を落とすと、キツカがおろおろしだした。

「おまえの言うとおりだよな。でも、だから、ユキ兄のこと知りたいんだ」

きっぱりと顔を上げると、キツカは怯《ひる》んだように少しだけ身を引いた。はく、と口を動かして、だけど戸惑うように閉じてしまう。

「山田しか頼れるやつがいないんだ。頼む」

もう一度頭を下げると、キツカはちょっと黙って、それから「山田って呼ぶのやめてよ」と言った。

「おれには、統領からもらったキツカって名前があるんだから」

「わかった、キツカな」

絢人が名前を呼ぶと、キツカはどこかを痒《かゆ》がるみたいに身体をもぞもぞさせた。

「それで、統領のなにが知りたいのさ」

椅子を鳴らして絢人のほうを向いたキツカが、足を組んでふんぞり返る。優雅に足を組むのはユキの癖みたいな基本の姿勢で、キツカはもしかしたら普段からユキの真似をしているのかもしれなかった。

「ユキは、千年生きてる狐なんだよな？」

「そうだよ。善《よ》い行いをして千歳を超えた狐は、神格を備えて天狐になるんだ」

てんこ、と絢人が繰り返すと、キツカは宙に人さし指で字を書いた。天の狐、という文字に、強そうだな、と絢人は思う。

「ユキ兄は、自分は長生きだから統領って呼ばれてるだけだって言ってたけど」

「それだけじゃないよ。もし天狐じゃなくても、統領は統領だったと思う。だって、他のどの狐よりも美しくて、賢くて、公平で、強くて、やさしいから」

意外なことに、ユキがたくさんのひと――狐に囲まれて慕われたり、傅《かしず》かれたりするところは容易に想像できた。

普段から落ち着いて穏やかなユキは、誰かに従うというより、上に立つイメージなのだ。漫画やゲームでも、身分を隠している高貴なキャラクターは、なんとなくそれと知れてあやしい。素性を知れば、驚きはするけど腑《ふ》に落ちる部分もある。そういう感じだ。

「山には、どのくらいの狐が住んでるんだ？」

「おれもちゃんとした数はわからないけど、百や二百じゃ済まないよ」

「普段はみんな、狐の姿？」

「違う。ひとには化けられないただの狐もいるけど、年を重ねるごとに、獣の姿でいるほうが負担になるんだよね。山では、狐の姿と人の姿は半々くらいかな。おれはもうほとんどこの姿だし、統領が獣の姿でいるところは見たことがないよ」

「ユキ兄が狐の姿になったらすごいデカイとか？」

なんとなく、山を覆い尽くすような大きな狐を想像して絢人が言うと、キツカは首をひねりながら眉をひそめた。

「さあ。霊力に比例するとは聞いたことがあるけど、あんまり大きくても下品だよって統領なら言いそう」

これは絢人も同感だった。大きさを誇示するような品の悪さはユキにはない。

「大きかったらむしろ、こんなに大きくて恥ずかしいって言いそうだよな」

だよね！　とキツカが声を弾ませ、絢人に同調したことを悔しがるように口を噤んだ。

「あと、……山に住んでる狐にとって、人里の空気は毒だっていうのは本当なのか？」

これを訊ねるのには勇気が要った。

そうだと頷かれたらそれはつまり、絢人が知らず、ユキに無理を強いていたということになる。絢人自身は覚えていないけれど、行かないでとユキをこちらに引きとめたのは絢人なのだ。

「本当だよ。おれみたいなまだ若い狐は、こんなところでは生きられない。長くても数日がせいぜいで、それ以上無理してとどまれば、衰弱して最後には存在を保てなくなって消える」

ぞわ、と覚えのある寒気が背中を通り抜ける。

ユキはすでに、何度も絢人の前から突然消えているのだ。

「……ユキ兄も？」

おそるおそる絢人が訊ねると、キッカはひどい侮辱を受けたみたいにキッと怒りの目を絢人に向けた。

「統領は違う！　人間が暮らす空気ごときで統領がそう簡単に弱るわけないだろ！　ばか！しね！」

突然の、火のような勢いに絢人は身を反らした。教室にいる他の生徒もなにごとかと絢人たちに注目する。「なんでもないんだ、悪いな」と絢人はクラスメイトたちを振り返り、教室がふたたびざわめきだすのを確認してからキッカに向き直った。

「でも、ユキ兄、たまに見えなくなるんだ。ほんとにふっと消える感じで」

キッカが大きく目を瞠る。

「うそだ、そんなの……」

呆然と呟《つぶや》いて、それからキッカはじわじわと顔をゆがめた。

「――でも、そうか、そうだよね、そうなのかも」

ひとりで納得したふうのキッカに、絢人は身を乗り出した。

「なにがそうなんだよ」

「あんな姿じゃ、いくら統領だって……」

そんな姿。前にもキツカがそう言ったのを聞いた。

——だってそんな姿じゃ、長くここには。

「あんな、って？」

「おまえらが統領の霊力を取り上げたせいだろ！　本当は統領は、黒い瞳で黒い毛並みなのに！　特別で、すごくすごくきれいなのに！　おまえたちが力を封じて、だからあんな、どこにでもいるような、普通の狐みたいな粗末な色に……っ」

言い募るキツカの目が涙に揺れる。

「おまえがどうして統領にそんなひどい仕打ちができるのかわからない！　だからおれは、おまえのことを統領の嫁だなんて認めない、絶対！」

「俺は、そんなこと、」

霊力とか、封じるとか、そんな話ははじめて聞いた。

自分は知らない。キツカの勘違いじゃないのか。そう否定しかけて、絢人ははっと口を噤んだ。

そうだ、シロさんも言った。あれはいま、霊力を封じられていて、と。

そのすぐあとにユキが来たから、それ以上は聞けなかったのだ。いま思えば、あそこでユキがあらわれたのも偶然じゃなかったのかもしれない。絢人に話の先を聞かせたくなかった。

そんなふうに邪推してしまう。

「だけど、それだって、期限付きだって思ったから我慢してたんだ」

スン、と鼻を鳴らして、キツカは自分の目元をきつく拭った。

「期限付き?」

「おまえが山で迷子になったときのこと、おれも覚えてるよ」

絢人ははっとした。そうか、ユキが見た目どおりの年齢じゃないのと同じで、キツカも絢人と同じ十六歳ではないのか。

「キツカはいくつなんだ?」

「百十六歳だけど」

ちょうど絢人と百歳違いだ。

キツカの顔を、ついまじまじと見てしまう。つやつやした肌と幼げな顔立ちは、絢人より年下に見えるくらいだった。

「統領はしばらくおまえを手元に置いて、それから『この子の家族に挨拶をしてくるね』って言って山を下りてった。すぐ帰ってくると思ったんだ。まさか、そのまま人里にとどまるなんて思わなかった」

だからユキの帰りが遅いのを心配して、そのときもキツカは山を下りて神社にやってきたことがあるのだと言った。

「そのときにはもう、統領はいまの姿だった。なのに笑って言うんだ。『しばらくここで生きることにしたよ。十一年経ったら、妻をともなって山に帰るからね』って。霊力を封じられたまま、人里で暮らすなんて本当は心配だったけど、統領が大丈夫だって判断したなら大丈夫なんだろうと思った」

なのに、とキツカの声がふたたび揺れる。

「約束の十一年が経っても、統領は帰ってこなかった。代わりに手紙がきたんだ。『妻のもとへ婿入りすることになりました。ごめんね。みんな元気で仲良くやるんだよ』――書いてあったのはそれだけだった。山ではみんな、統領が帰ってくるのを待ってたんだ。だから、あたらしい統領も立てずにいた。でも手紙を読めば、統領に帰ってくるつもりがないことくらいおれにだってわかる」

二百をくだらない数の狐が、ユキの帰りを待っている。

それは、たとえば絢人に、帰りを待つ家族がいるのと同じように。

「本当は、統領が人間の嫁をもらうのだって反対だったんだ。でもおまえが統領と山で暮らしたいって言うなら、我慢してやるつもりだった。統領がおまえを好きで、おまえも統領を好きならしかたないって。でもそうじゃなかった。おまえは弱ってく統領を犠牲にして、自分の生活を守ろうとした」

「違う、俺は」

なにも知らなかった。

ユキに帰る場所があること、ここでの生活がユキの身体によくないこと、ユキの力が封じられていること。

そもそも、ユキが兄でなく狐だなんていう話だって聞いたばかりなのだ。

だけど、それが言い訳になるんだろうか。

絢人は俯いて、机の上に置いていた手をぎゅっと拳《こぶし》に握りしめた。

ずっと知らないままでいた。だけど、知るチャンスは本当になかったんだろうか。

あった、と絢人は自分で苦々しく答えを出した。

十年経っても兄の容姿が変わらないこと。兄の誕生日や年齢、学歴、友人関係をなにも知らないこと。

どう考えたっておかしいと普通なら思う。自分があまりにも呑気《のんき》だったのだ。疑問を持たなすぎた。

本当のことを知ってからだってそうだ。

わからないことばかりだった。なのに、絢人はちゃんとなにもかもを知ろうと動かなかった。嫁だの婿だの言われたときも、深く考えずに「まあいいか」と思ったのだ。自分の生活さえ大きく変わらないならそれでよかった。

最低だ、と自分に腹が立つ。自分のことばかりだ。ユキの気持ちや、置かれている境遇についてなんて、まるで考えていなかった。

絢人はただ、ユキにこれまでどおりそばにいてほしかった。

振り返っても、自分の決断のもとはそれだけだった。

いなくならないでほしかった。がっかりさせたくなかった。かなしませたくなかった。

——自分を好きでいてほしかった。

だから絢人はいつも、ユキの前では懐《ふところ》が深いような態度を取ってきた。つまり、恰好つけたかったのだ。

これではきっと、五歳のときとなにも変わらない。自分がひどくちっぽけで、利己的で、わがままな小さな子供に思えて情けなかった。


部活は休んで、授業が終わると絢人《あやと》はすぐに結根《けつね》神社へ帰った。

探していたシロさんは、社殿《しゃでん》の中にいた。ユキが、奉納された酒や米を並べていて、それを眺めている。

絢人は父に、社殿の中にはみだりに入らないよう小さな頃からきつく言われている。もう子供ではないし、用事があって立ち入るなら父も怒りはしないだろうとは思うけれど、いまでも気軽に踏み込める場所ではない。

「ただいま！　シロさん、ちょっといい？」

賽銭箱《さいせんばこ》に手をついて身を乗り出し、大きな声で呼びかけると、シロさんとユキが揃《そろ》って振り返った。

「おかえり、絢人」

「おかえりなさい、絢人」

軽い足取りで、シロさんが社殿から出てくる。

「どうしましたか？」

「ちょっと訊《き》きたいことがあるんだけど、いいかな」

「もちろん。暑いから中へお入りなさい」

招かれたのだから断るのもおかしい。絢人はスニーカーを脱いで社殿に上がった。

社殿は畳敷きになっていて、正面には金の飾りがついた扉がある。御扉《みとびら》といって、シロさんが住まうのは、あの扉の向こう側だ。手前には神饌《しんせん》が載せられた三方《さんぼう》や、日本酒の一升瓶などが並べられている。

シロさんが空いた三方を椅子《いす》代わりにちょんと腰《こし》かけたので、絢人は通学のリュックをおろしてその前に正座した。

エアコンがあるわけでもないのに、社殿の中はひんやりと涼しかった。帰り道でじっとりかいた汗が引いていく。

「それで？　訊きたいことというのは？」

「俺今日、キッカと話したんだ」

キッカという名前に覚えがなかったのか、シロさんが小さく首を傾《かし》げる。

「ほら、こないだうちに来た、狐の」

「ああ、ユキの小姓《こしょう》とかいう生意気な子狐」

「百十六歳だって言ってたけど」

「子供でしょう」

ふん、とシロさんが鼻を鳴らす。百とか千とかいう年齢だと、どこまでが子供でどこからがおとななのか絢人にはまるで判別がつかない。

「それで、ユキ兄のこと、聞かせてもらった」

絢人、と口を挟んだのはユキだった。どこか、怒っているようにも聞こえる。だけど絢人はユキのほうは見ずに、シロさんだけを見つめた。

「キッカは、ユキ兄の霊力が封じられてるって言ってた。俺がそうしたんだろうって。どういうこと？」

「アーヤはそんなこと知らなくていいんだよ」

割り込んだユキの声は穏やかだったけれど、かすかに焦りが映っているように絢人には感じられた。珍しく『アーヤ』と呼ぶのも、小さな子供として、絢人の成長を否定して拒む態度に思える。

「俺はシロさんに訊いてる」

だから、答える声は自然とかたくなった。

シロさんは、絢人とユキを見比べて、ほうと大きくため息をついた。

「ユキ、ぼくがおまえをいまでも心から信用できないのは、おまえがそうやって絢人の目を闇雲に塞《ふさ》ごうとするからですよ」

「シロさん……」

「妻にすると言いながら、絢人をまるで赤ん坊にしか思っていないのはおまえのほうじゃないんですか。絢人だってもう子供じゃありません。おおよそのことは知る権利があります。おまえのことなら、とくに」

シロさんの言葉に、ユキがぐっと黙る。

どこかを痛がるような表情に、絢人の胸も痛んだ。

ユキが絢人に知られたくないと思うことなら、無理に聞きださなくていいんじゃないかと、考えを翻《ひるがえ》したいような気分になる。

だって、ユキを傷つけたいわけじゃない。これまで知らずにいたのだから、これからだって知らなくても——。

だめだ、と絢人はぶるっと頭を振って、ユキを視界の外に置いた。

いままでずっとそうだった。でもそれではだめだと気付いたのだ。知らなきゃいけない。

ユキがいやがっても、絢人のことを不快に思っても、それでも。

「ユキから霊力を取り上げたのはぼくです」

シロさんが、淡々と話しだした。

「ユキが絢人のそばで暮らすことに、ぼくは反対でした。神に近い天狐とはいえ、あやかし上がりの獣です。信用できなかった。先日絢人にはふたつしか話しませんでしたが、本当は、ぼくとユキの約束は三つありました」

ぴ、とシロさんが白い指を三本立てた。

「人として生活するために霊力のすべてを絢人に預けること、約束の時が来るまでは絢人の兄に徹すること、おとなになった絢人本人に拒絶されたら姿を消すこと」

誕生日に絢人が聞かされたのは、うしろのふたつだけだったということだ。

指折り数えたシロさんが、絢人に目を向ける。

「ユキが条件はすべて呑《の》むと言うので、ぼくが力を取り出しました。ユキから絢人の手に渡ったはずです」

「……わからない、覚えてない」

呆然《ぼうぜん》と絢人は呟《つぶや》いた。ユキの霊力を自分が持っているなんて思いもよらなかった。

絢人は焦って記憶を手繰《たぐ》る。

ユキからもらったものは数えきれない。誕生日、クリスマス、そうじゃなくたって、ユキは昔から絢人に甘くて、小さいものも中くらいのものも大きいものも、たくさん絢人に贈ってくれた。

——プレゼントだよ。

——お土産《みやげ》だよ。

——ご褒美。

さまざまなユキの笑顔が思い出されて、差し出されたものも無数に思い出す。

キャンディ、スポーツタオル、ゲームソフト、テーピング、大福、財布、かたつむり、たんぽぽの綿毛、プラモデル。

だけど、あれこそユキの霊力だと思い当たるものがなにもない。

「忘れちゃったのかな。僕はべつになくても構わないのだけど」

おっとりとユキが笑う。だけど笑い事じゃなかった。

「俺は構う！」

絢人は立ち上がり、なかば喧嘩腰《けんかごし》に、ユキの白衣の胸元を両手で摑《つか》んだ。

「なあ、どんなのだよ。色は？　形は？」

それがここで暮らす条件だったなら、最近のことではない。五歳の頃、自分はいったいユキになにをもらっただろう。

必死な絢人を可哀相《かわいそう》がるように眉《まゆ》を寄せて、ユキは「どうだったかな」と微笑《ほほえ》んだ。

「……ッシロさん！」

「ごめんなさい、絢人。ぼくとユキとのやりとりは概念的なもので、ユキが自分の霊力を、どんな形にして絢人に渡したかを、ぼくは知らないんです」

「そんな……」

シロさんは知らない、ユキは教えてくれない、絢人は覚えていない。これでは八方ふさがりだ。

思わずその場にへたり込むと、ユキはさらりと絢人の前に膝《ひざ》をつく。

「絢人、ありがとう。でももう気にしないでいいから」

やさしく伸ばされた指を、絢人は自分に触れる前に手で払う。

ユキがよくても絢人はよくない。自分のことなのに、どうしてユキがこんな態度なのかわからなかった。

千年生きたユキの力の全部。そんなの絶対に大事なもののはずだ。

ユキが払われた手を驚いて引くのを見ていられなくて、絢人はかたわらのリュックを乱暴に掴んで社殿を飛び出した。

それでも、ふたりの帰る家は同じなのだ。実家である母屋《おもや》に駆け込まなかったことを絢人はひっそり後悔する。自分はやっぱり、ばかというか、正直というか、ばかなのだ。

夕飯は野菜炒めをたっぷり乗せたラーメンと餃子《ギョーザ》だった。会話が弾まないのは伸びやすい麺類《めんるい》を食べているせいだということにして、絢人は無言で縮れ麺をすする。

「絢人、おいしい？」

「ん」

「餃子もう少し焼こうか」

「いや、もういい」

丼《どんぶり》を傾けてスープを飲み干し立ち上がる。

「絢人、……ごめんね」

しゅん、とユキが肩を落として箸《はし》を置いた。じわりと絢人の胸に罪悪感がこみ上げるが、無理してふいと顔を背ける。ごめんと言うけどユキはたぶん、絢人がなにに腹を立てているのかわかっていないのだ。

「だけど、本当に、」

部屋に戻りかける絢人の背中を、ユキの声が追いかけてくる。足を止めて、でも振り返れないまま、絢人はじっとユキの言葉を待った。

「……だけど、本当に僕は、霊力なんかいらないんだよ」

背後で、ユキが椅子から立つ音がする。首だけで振り返ると、ユキはキッチンカウンターに飾られている、家族写真の入ったフォトフレームを手に取った。

絢人が高校に入学した、今年の春の写真だ。真新しい制服の絢人と、ユキと、両親。どこにでもいる、普通の平凡な家族に見える。この頃の自分はまだ、ユキのことを実の兄だと思っていた。

「まるで人間みたいに、絢人の兄として、夫として、――家族として生きる。僕が望むその生活に、霊力なんて必要ないでしょう？」

でも、と反論する自分の声が、焦りに尖《とが》る。

「でも霊力がないせいで、ユキ兄は消えちゃうかもしれないんだろ」

「――消える？」

意外なことを言われたみたいにユキが目をしばたたく。

「まあ、これまでどおり長生きはできないかもしれないけど……」

ユキが焦らない理由がやっとわかる。

そうだった、絢人の前でときおり自分が消えることを、ユキは自覚していないようだったのだ。姿が見えなくなったユキはいつも、絢人が呼ぶとあらわれて、戸惑う絢人を見て不思議そうにした。

自分の存在がなくなりかけていることに、ユキはまだ気付いていない。

「……夏になってから、ユキ兄、何度か姿が見えなくなってる。呼べばいるから俺も最初はあんまり深く考えてなかったんだけど、シロさんに、それはよくないことだって言われた。人里の空気はユキには毒なのかもって。それでキツカに話を聞いたんだ。本当は影響を受けないくらいユキは強いけど、いまは霊力が封じられてるから、普通の狐と同じように弱って、無理すればそのうち消えるって言われた」

ユキは話す絢人をじっと見つめて、それから目を伏せた。

ユキにとってこの話が想定外のことだったのがわかって、絢人の胸がちくちくと痛む。たとえば、難しい病気をいきなり宣告されたようなものだろう。自分だったらきっと、表面上は「そうか」とか「話してくれてありがとう」とか理解したように平静を装って、だけど呆然としてしばらくなにも考えられない。

「……自分では不調を感じなかったし、ぜんぜん気付かなかったな」

ぽつんとユキはそう言った。

あまり動揺しているようではない。むしろ、なにか納得をしてすっきりしたようにさえ見える。

「そうか。だから絢人、こんなにムキになって……」

静かな足取りで、ユキが絢人に歩み寄る。ツイと優雅に手が伸びて、猫の子を撫《な》でるみたいに、指の背が絢人の頬《ほお》をいとおしげに撫でた。怒る絢人の表情そのものに触れようとする指がくすぐったい。

「なるほどなあ。だけど、しかたないね」

「――しかたない？」

絢人は顔をゆがめたが、ユキは逆に、とてもきれいに微笑んだ。

「なにもかもが思いどおりにはいかないよ。僕がここで生きるには代償が必要だっていうなら、それは受け入れないと」

「代償って、だって、それを払ってなにかが残るならしかたないって思えるかもしれないけど、消えたらなにも残らないんだぞ」

「なにも残らないなんてかなしいこと言わないで」

「かなしいこと言ってるのはユキ兄のほうだろ」

信じられない。納得とあきらめがはやすぎる。

霊力を取り戻すとか、山に戻るとか、ユキが消えなくて済む方法を考えて試すことはできるのに。

「このまま自分が消えてもいいって言うのか」

ユキは穏やかに微笑んだだけだったが、その表情は絢人には肯定にしか見えなかった。

このまま絢人とここで暮らすことのために、あまりにもあっさり自分の存在を投げ出そうとするユキが、はがゆくてしかたなかった。

絢人だってユキといたい。ここでこのまま暮らせるのが一番いいと思う。だけど遠くない未来にユキを失うなら、途端にそれは『一番』ではなくなる。むしろ選択肢としては最低に近い。

「消えてもいいとかおかしいだろ」

「絢人と離れて長生きするより、絢人のそばで終わりたいよ。僕はそういうふうに、絢人のことが好き」

自分はばかで呑気《のんき》で鈍感で、ユキの想いをまるで理解していなかったのだと、胸に痛く気付かされる。

「もう充分生きたしね」

これが、十六年しか生きていない絢人と、千年生きるユキとの違いなんだろうか。

自分の言葉がまったくユキに届かないのが悔しくて、むなしくて、絢人はぐっと奥歯を噛《か》んだ。

責めるみたいな不明瞭《ふめいりょう》な声で、「千年も生きてるのに」と呟きがこぼれた。「え？」とユキが絢人の声を聞き取ろうと身を屈《かが》める。

「千年も生きてるのに、俺とはそのうちの十年ぽっちしか一緒じゃなくて、なのにそれでもユキ兄は充分だって言うのかよ」

はっとユキが目を瞠《みは》った。

誰かのために消えてもいいなんて、絢人はいままで一度も思ったことがない。思い出の中に自分が残ればいいだなんて思えない。絢人はもっと欲張りで、わがままだ。

「俺はぜんぜん充分じゃない。だいたい、ユキ兄がいなくなったら俺は未亡人になるだろ。そんなのいやだからな」

絢人が口にした「未亡人」という言葉に、ユキは一瞬きょとんとして、それからくふっと軽く噴き出した。

「俺は真面目《まじめ》に言ってるんだけど」

「うん、ごめん」

絢人が怒ると、ユキはますます笑う。

必死から出た言葉で、笑わせるために言ったわけではない。滑稽かもしれないけど、本心だ。でも、ユキが笑うと絢人の肩からも力が抜けた。

あきらめたように、諭すように微笑まれるより、こうして笑われるほうがずっといい。

「アーヤは本当にいつも、一生懸命に僕の機嫌を取ってくれようとするよね」

「なんだよそれ。ご機嫌取りのつもりなんかないけど」

「そうじゃなくて。なんていうのかな、いつもまっすぐ、全部を使って僕に元気をくれようとするよ」

ユキはいとおしげに目を細めた。

「ちょっとだけ、抱きしめてもいい？」

困ることではないのに、正面から訊《たず》ねられると答えに困る。絢人が小さく顎《あご》を引くと、ユキはやさしく笑って腕を伸ばした。

ゆっくりと引き寄せられて、胸の深くへ抱きしめられる。

「そうだね。絢人の成長は、ずっと見ていたいな」

深々と胸に染み入る声に、どきりとした。

「忘れるところだった。十六になった絢人を山に連れて帰らないって決めたのは、だからだったのに」

「だからって？」

「絢人の成長が、いとしかったから」

ユキの腕がゆるめられると、間近で目が合う。甘い色をした瞳に見つめられると、重力がなくなってしまったようで、ユキの腕に囲われていなかったらふらふらと倒れてしまいそうだった。

「十一年そばで見てて、絢人の成長より眩《まぶ》しくてすてきなものはなにもなかったよ。背が伸びて、重たくなって、抱っこなんかあっというまにできなくなった。六歳の絢人に、『もうユキ兄の抱っこは卒業する』って言われたときは本当にかなしかったな」

それは絢人も覚えている。たしか、幼稚園でからかわれたのだ。いつまでもお兄ちゃんに抱っこなんて恥ずかしい、と。実際、周りを見ればすでにみんな、抱っこなんてとっくにされなくなっていた。

来年には小学生になるのだから、いつまでもユキに抱っこをされていたらいけないのだと気付いて、そのとき絢人もさびしかった。

「字がじょうずに書けるようになって、計算ができるようになって、いまでは外国の言葉も習ってて」

「英語は得意じゃないけどな」

「でも、もしかしたらこの先急に得意になるかもしれない。英語は好きじゃなくても、他の国の言葉は好きになるかもしれない。絢人はまだまだこれから、もっとずっとたくさんのことを知って、経験して、成長していくんだ」

現在の絢人に、未来の絢人を重ねて見るように、ユキが眩しげに目を細める。

「そんな絢人を、山になんかとても連れて行けないと思った。あそこはいいところだけれど、絢人の成長を助けるものはなにもないから」

それが、ユキが絢人の婿になると言いだした理由だったのだ。

嫁《よめ》も婿《むこ》も夫婦もよくわからないから、ユキがいいなら自分はどれでも構わないとくらいに思っていたことが申し訳ない。ユキは本当に、絢人のことを一番に大切に思ってくれていたのだ。

「きみが好きだよ。本当は、絢人と一緒にいられるなら、形や呼び方なんてどうでもいいんだ。僕は、とにかくきみの一番近くにいたい。妻にほしいと思ったのも、婿に入ろうと思ったのも、絢人の特別になりたいっていう、ただそれだけのことなんだよ」

急に心臓がどきどきと音を立てはじめる。胸や指先がそわそわして落ち着かない。ユキの腕の中は、いままでずっと、絢人にとって居心地がいいばかりの場所だったのに。

絢人は、ユキの胸に手をついて少し距離を取った。押し返された形になったユキが、不思議そうに絢人を見下ろす。

「まだ怒ってる？」

「いや。ユキ兄が、もう『消えてもいい』とか言わないならいい」

「うん、ごめんね。もう言わない」

でも、と言ってユキが腕を広げて絢人の身体《からだ》を解放した。

「絢人ももう、僕のことであまり考え込まないで」

少し考えてから、絢人はきっぱりと首を振った。

「それは約束できない」

ガラ、と教室の扉が開いた音に顔を上げると、あくび混じりのキツカがやっと登校してきた。やっとといっても始業の二十分前で、登校してきている生徒はまだクラスの半数ほどだ。

単に絢人がはやく来すぎて、キツカのことを待ちかねていただけのことだった。

「キツカ、おはよう！」

「……なに」

勢い込んで話しかけると、キツカは絢人の隣の席につきながら、警戒するように身を引いた。

「あのさ、おまえの言ったこと合ってた。うちの神さまが、ユキ兄の霊力を封じて取り上げたんだって」

絢人の報告に、キツカは「そんなのわかってるよ！」と目を吊《つ》り上げる。

「そっか、ごめん。それで、その霊力っていうのを、ユキ兄は俺に渡したって言うんだ。でも俺はなにも覚えてなくて。キツカ、霊力を封じたものってどんなのか知らないか？」

「なんでおれに訊くの。そんなの統領に訊けばいいでしょ」

「教えてもらえないから訊いてる。どうせおまえは『信用されてないんだ』って言うんだろうから先に答えておくけど、信用されてないっていうより、大事にされすぎてるんだ」

「なにそれ、自慢？」

不愉快そうにキツカは顔をゆがめて、だけど絢人の大真面目な表情を見てため息をついた。

「まあ、昔から統領はそうだよね。下のものに頼るとか、雑用を命じるとか、そういうことを一切なさらない方だった。なんでも、ひとりで決めてひとりで為《な》す。統領にとって山のみんなは、庇護するべき弱いものだったんだと思う。おれは統領のためになにかしたかったけど、統領はなにもさせてくださらなかった。いつも、『自分でできるよ、大丈夫。キツカはやさしいいい子だね』って……」

ゆら、とキツカの目が潤んで揺れる。

気が強くて泣き虫なキツカが、ユキがどんなふうにかわいがっていたか、なんとなくわかる気がした。キツカを、ユキのことをどうして好きになったのかも。

「統領が、もともと黒い毛並みだったたってことは話したよね」

潤んだ目をゴシと擦《こす》って、キツカが絢人に目を向けた。

「ああ」

「それが、霊力を取り出されていまの姿になった。つまり――」

「黒い色ごと取られたってことか。ユキ兄の霊力は、黒い色をしてる？」

「そうだと思う」

黒、と絢人は考え込んだ。必死で記憶のページをめくる。

「もっと具体的なイメージはないか？」

「そんなのないよ」

ぴしゃりと言われてまた行き止まりになる。

「だけど、普通、札《ふだ》とか宝珠《ほうじゅ》じゃないの？　そのときにはもう統領に霊力はなかったんだから、複雑な形にはできなかったと思うけど」

「札……宝珠……」

お守りやお札なら、昔から当たり前のように身近にある。絢人が財布に入れているお守りも、毎年ユキが新しく用意してくれるものだ。

財布からお守りを出して、机の上に置いてみる。結根神社、と刺繍《ししゅう》がされた、どこにでもある普通のお守りだ。

「どうだ?」

これがユキの霊力なら話がはやい。そう思って訊ねると、またキツカの目が三角に吊り上がった。そういう顔をするとたしかにキツカは狐っぽい。

「こんなのただのお守りでしょ! 統領の霊力なら、もっと、ブワーッ! ガーッ! てなるに決まってる! 統領のことあんまり侮辱しないで!」

「おう、悪い。帰ってちゃんと探してみる」

離れに運び込んだのは必要最低限の荷物だけだから、探すなら母屋にある自分の部屋、納《なん》戸《ど》あたりだろう。今日から徹底的にひっくり返すしかない。

「……ちゃんとしてよね。統領が消えるなんてことになったら、おまえのこと絶対に許さないから」

「わかってる」

これには決意を込めてはっきりと頷いた。

このままユキが消えてしまったら、絢人だって自分を許せない。

「絶対見つける。心配するな」

絢人の真剣な目に、キッカが気圧《けお》されたように黙り込む。

「おはよう絢人、山田《やまだ》も」

そこへ、俊哉《としや》が登校してきた。絢人よりさらに小柄なキッカは、長身の俊哉が苦手らしい。

椅子を蹴倒《けたお》しながら飛びのいて、俊哉と充分に距離を取る。

「取って食ったりしないけど？」

「べ、べつに食われるなんて思ってないけど！」

俊哉は肩を竦《すく》めると絢人を振り返り、「山田とずいぶん仲良くなったんだな」と言った。

「おう、まあな」

絢人が頷《うなず》くと、キッカは「はあ？」と顔をゆがめる。

「仲良くなんてしてないよ！」

俊哉が「そうか」と明らかに適当な態度で答えるとキッカはさらに機嫌を損ねたようで、自分の席から鞄を掴んで教室を飛び出していこうとする。

「おいキッカ、授業は」

「知らない！　おれはおまえのこと、まだぜんっぜん認めてないんだからな！」

廊下を駆ける音がたちまちに遠ざかっていく。少しすると窓の外に、独特の弾むような足取りで校門へ向かっていく小さな背中が見えた。本当に帰ってしまうらしい。

「元気だな」

同じように窓の外に目をやった俊哉が感心したように呟く。

「そうだな」

「逆に、おまえはあんまり元気がないな」

さらりとそう言われて、絢人は驚いてかたわらの長身を見上げた。

俊哉はあえて絢人のほうは見ずに、窓の外に視線を向けたままだ。だけど、心配をかけていたのだとわかる。

「なんか、いろいろあってさ」

絢人は深々とため息をついた。「大丈夫か」と俊哉が短く気遣う言葉をくれる。

「大丈夫。これでもきっと、ばかみたいになにも考えてなかったこないだまでよりずっと前進してるんだ」

「へえ」

俊哉は半信半疑のようすで平坦な相槌《あいづち》を打つ。

「俊哉は、俺がなにもわかってないこと、最初から教えてくれてたよな。何度もそう言ってくれてたのに、ぜんぜん真剣に聞かなくてごめんな」

いま思えば自分でも、なんて考えなしだったんだろうと思う。あまりに唐突にめまぐるしくことが進んで、自分の意志と思考がほとんど置いて行かれたのも事実だけれど、それ以上に絢人が考えることを放棄しすぎていた。

「だけど、振り返って、ユキ兄と結婚しなければよかったとは思わないんだ」

結婚式も挙げていないし、籍も入れていない。だから自分とユキは、本当の意味では夫婦なんかじゃないのは承知している。

だけど、ユキにプロポーズをされて、それを受けた以上、絢人の中ではもうそういうことなのだ。この先なにがあっても、他の人と結婚するなんてことはありえないし、ユキにもそれを許すつもりはない。そういう契約を、はっきり取り交わしたのだと思っている。

そのことを、後悔する気持ちは少しもなかった。いま八月の誕生日に戻ったとしても、やっぱり自分はユキと結婚することを選んだだろう。

――僕はそういうふうに、絢人のことが好き。

絢人と離れて生きるよりも、絢人のそばで終わりたいと、ユキはそう言った。

絢人の気持ちも似ている。

ユキと離れたくない。そばにいたい。

それだけは、最初からずっと変わらない、絢人の真心だった。

「ちょっと母屋に行ってくる」

夕飯のあとでそう宣言すると、ユキは「そうなの？」と首を傾げた。

「なにかいるものがあるなら僕が取ってきてあげるよ？」

「いやいい。自分で探したいから」

絢人のきっぱりした態度に、勘のいいユキがかすかに眉をひそめる。

「なにを探すの？」

「ユキ兄の霊力」

絢人の答えに、ユキは、「やっぱり」というようにため息をつく。言っても言っても聞かない子供を前にしたみたいな態度だった。

「いいって言ったのに」

「俺はよくないって言った」

困った子を見るユキの目を、絢人はきっと睨《にら》み返す。

いままで、こんなふうにユキと意見をぶつからせたことは、覚えている限り一度もない。

昔から、ユキが絢人のしたがることに口を挟むことはあまりないのだ。ユキは基本的に絢人の味方で、絢人のしたいことに両親が反対しても、ユキだけは「いいじゃない、やらせてあげたら」と言ってくれたものだった。

だから絢人は、そんなユキに「だめだよ」と言われたときには、本当にだめなのだと理解して自分の意見を引く。

だけど今回ばかりは、ユキがいい顔をしなくても引き下がれなかった。

「行ってきます」

ユキは困り顔のままだったが、無視して絢人は離れを出た。母屋に上がり、まず自分の部屋をひっくり返す。

自分でもなにを探しているのかよくわかっていない。ユキにもらったもので、黒いもの。そう唱えながら、引き出しを開けたり、押し入れの中のものを出したりしていく。

絢人は物には執着がないほうで、いらないものはどんどん捨てる。いつか使うとか、もったいないとか、そういう考えはあまりない。思い出の品にもあまりこだわらないので、大切なものはユキや母が救出して納戸に移したりしているようだった。

だけど、ユキにもらったものは捨てたことがないはずだ。いつも、『これはユキ兄がくれたもの』と別に避《よ》けてきた。

「なんでそれを、ひとつにまとめなかったかな……」

大雑把で無頓着な自分の性格を少し恨む。だけど文句を言っていても先へは進めない。とにかくこれからはもっと物を大事にしようと決めて、部屋を出た。次は納戸だ。

トイレの隣にある納戸は、窓のない六畳ほどのスペースで、手前には季節の家電類、奥には両親の着物などが収納されている。

一番奥の一角に絢人の物が積まれていて、ためしに収納ケースをひとつ開けると、幼稚園の頃の制服だの工作だのが出てきた。同じようなケースがいくつか積まれているのを見て、先が長そうだなと思う。

夜の九時を過ぎてもドタバタと音を立てる絢人に、母がやってきて「なにしてるの」と眉をひそめた。「探し物」とだけ答えると「急ぐの？ 明日にしたら？」とやんわり注意されてしまう。

「うん……」

絢人はいったん手を止めて、だけど潔く切り上げることができずにべつの収納ケースに手をかけた。

「ごめん、もう少し」

開けた次のケースには、小学校の卒業証書が入っていた。それから、とっくに動かなくなっている子供用の腕時計、一度も削っていない鉛筆、縦笛、夏休みの宿題、むき出しのゲームソフト、平べったくてすべすべした石。

「――――」

この石は覚えている。どうしてそんなに大事にしていたのかはもう覚えていないけれど、つやつやしていてきれいで、絢人のお気に入りの石だった。

一時期肌身離《はだみはな》さず持ち歩いていて、なのにある日、うっかりどこかで落としてなくしてしまったのだ。絢人はすごくがっかりして、だけど、それを父にも母にも話さなかった。たしかもう小学校に上がっていて、なんでもないただの石をなくしたくらいで気落ちしていることが恥ずかしいという自覚は一応あったのだ。

なのに、翌日にユキがその石をスイと絢人に差し出してくれたのだ。

——はい、絢人の大切なものでしょう?

どうしてわかったのかと訊ねると、ユキは茶目っけたっぷりに片目をつぶって、「絢人のことはなんでもわかるよ」と言った。

てのひらに、その石をそっと乗せてみる。つるりとして黒い。

これかもしれない。

「——それはただの石だよ」

背後から聞こえた声に、絢人ははっとして振り返った。

ユキが、納戸の戸に右肩をもたれさせ、微苦笑を浮かべて絢人を見下ろしている。

「絢人が遠足で拾ってきたんだよ」

「……ユキ兄の霊力じゃない?」

「残念だけどね」

ちっとも残念そうじゃない口調で、ユキが肩を竦めた。

「もう気は済んだ？」

さらにそんなふうに訊ねられて、カチンとくる。

「どういう意味だよ」

「気が済んだなら、帰ってお風呂《ふろ》に入っておやすみ。明日も学校なんだから」

「そうじゃなくて、なんでそんな言い方するんだってことだよ。俺はユキ兄の霊力を見つけて、返して、それで、」

「それで？」

ユキの霊力を見つけて返す。その先のビジョンがまったくなくて、絢人は言葉を途切れさせる。

「……霊力を返したらユキ兄はどうなるんだ」

うーん、とユキが首をひねった。

「もとの姿に戻るかなあ。絢人は覚えている？　もともと僕は、黒い毛並みで、尻尾《しっぽ》は四本あったのだけど」

「尻尾が四本⁉」

猫又とか、九尾の狐とか、そういう妖怪絵巻《ようかいえまき》みたいなものが絢人の頭を駆け巡る。

つまり絢人がはじめて会ったユキはそういう姿だったということだが、どうしてなのか、まるで覚えていなかった。

「――山で僕と過ごした前後の記憶が、絢人にはほとんどないんだよね」

ユキが、絢人の困惑をてのひらでやさしく掬って撫でるような声でそう確認する。

「忘れてしまうくらい、絢人にとって怖くて、強いストレスを感じる出来事だったんだよ。ずっと、気丈にふるまっていたけれどね。当時、念のために連れて行った病院でもそう言われたってお父さんが言ってた。僕は、そんなときの姿に戻りたいとは思わないかな。それが絢人のトラウマで、もとの姿に戻った途端に僕のことを嫌いになってしまったら、それこそ生きていけないもの」

「俺がユキ兄のこと嫌いになるわけがないだろ」

そんなのわからないじゃない、とユキは珍しく拗《す》ねたような口調でそっぽを向いた。

絢人にしてみればありえない心配なのに、ユキはそうなるとほとんど信じて疑っていないように見える。

記憶がないのはたしかなので、なにをどう言えばユキを安心させられるのかが絢人にもわからなかった。途方に暮れて手が止まる。だけど「帰ろう」と言われて、絢人は首を横に振った。

ユキが軽くため息をつく。

「どうしてそんなに頑固なの」

「だって、ユキ兄に消えてほしくないんだ」

なんだか自分がひどく情けなくて「なんでわかんないんだよ」と呟いた声が頼りなく揺れてしまう。

「逆の立場だったら、ユキ兄はそれでいいって引き下がるのか？　たとえば俺が病気で、だけどどこかにしまった薬があれば助けられるってわかってても、俺が探さなくていいって言ったらそうするのかよ」

「そんなわけないじゃない。どんなことをしても探すよ」

「俺が言ってるのはそういうことなんだけど」

すると、ユキが不可解そうな顔をする。

「なんでわかんないんだよ！」

「だって、絢人と僕じゃ立場が違うでしょう？」

立場？　と今度は絢人が眉をひそめる番だった。

「だって、僕は絢人になにもかもをしてあげたいっていつも思っているけれど、絢人になにかしてほしいと思ったことは一度もないよ」

「…………！」

当たり前のようにそう言われたのがショックで、頭をフライパンで殴《なぐ》られたみたいに目の前がチカチカした。ザッと胸を駆け抜けたのが、怒りなのか、かなしみなのか、不快感なのかわからない。

ざらっとしたいやな感じに、絢人は無意識にTシャツの胸元をぎゅっと摑んだ。

「それって、俺にはなにも期待してないってこと？」

ふいに、キツカの言葉を思い出した。

——なんでも、ひとりで決めてひとりで為す。統領にとって山のみんなは、庇護するべき弱いものだったんだと思う。

——おれは統領のためになにかしたかったけど、統領はなにもさせてくださらなかった。

「……そんなの、俺、ぜんぜんユキ兄の特別なんかじゃないじゃん」

「え？」

ぽつりと呟いた言葉は、ユキには聞こえなかったようだった。

これじゃあ山に何百といるという、ユキを慕う狐たちと変わらない。

ユキにとっては絢人も、守るべき弱いもので、それ以上でもそれ以下でもないのだろうか。

嫁だとか婿だとか言っていたのはなんだったのか。

絢人はぐっと強く拳《こぶし》を握りこんだ。悔しい。絢人の気持ちなんか、ユキにはちっとも伝わらない。

「絢人」

宥《なだ》めるように、ユキの声がやさしくなる。

「好きだよ絢人。きみがそばで笑っていてくれることが、僕の一番の望みなんだ。だからどうか、絢人はそのままで、僕に大切にかわいがられていて？」

カッとなって、握った拳を振り上げそうになった。だけど、すんでのところで踏みとどまる。暴力なんて最低だし、殴ったところでユキが絢人の気持ちを理解してくれるとは到底思えない。

ぐっと絢人が顔をゆがめると、絢人の痛みがそのまま伝わっているみたいに、ユキも表情を曇らせた。だけど「嘘《うそ》だ」と思う。ユキにはいま絢人がなにを感じているかなんてぜんぜん伝わっていない。

「僕は間違っている？」

困ったように訊ねられて、咄嗟《とっさ》に返事ができなかった。

しばらく考えて、「わからない」と絢人は掠《かす》れた声で正直に答える。

「わからないけど、俺は、夫婦ってそういうものじゃないと思う」

きっとユキは間違っていない。千年生きている、狐の統領。そんなユキから見たら、絢人なんてなんの役にも立たない赤ん坊と同じだ。

たとえば絢人が小さな子供に「力になってやる」と言われたら、無理だと思うしそんなことしなくていいと笑うだろう。それと同じで、それよりもずっと大きな差が、自分とユキのあいだにはあるのだ。

ユキには絢人を軽んじるつもりはないのだと思う。だけど、だからといって、ユキの言葉に納得することはできなかった。

たった十六年だって、絢人にとってはそれなりに長い。

ユキに消えてほしくなくて、そのために自分ができることをしたい。

自分が間違っているとは思いたくなかった。


翌日は寝不足で、散々な一日になった。

英語の授業中に教師に当てられて、間違えて国語の教科書を読み上げたことにはじまり、昼休みにはお茶を机にぶちまけ、午後の美術の授業では制服にアクリル絵の具をこぼし、きわめつけに、放課後、部活で顔面レシーブを受けて鼻血を出した。

「今日はもう帰れ」と部長に言われ、絢人はしおしおと部室に引きあげ帰り支度《じたく》をする。鼻に詰めていた綿を引っ張りだすと、鼻血はすでに止まっていた。ごわごわする鼻をティッシュでチンとかんで、ため息をつきながら学校をあとにする。

この時間なら、帰ってもまだ五時前だろう。日が落ちる前に、蔵を覗《のぞ》いておこうかなあと思う。

自宅の裏手にある古い蔵に、絢人はもう何年も入っていない。小学五年生の冬休みに、遊んでいて閉じ込められてしまってから、ずっと苦手な場所だ。

小学校高学年というと、暗いところに閉じ込められたからといって、怖がって泣くほど子供でもない。絢人も「困ったな」とは思ったけれど、すぐに誰かが見つけてくれると思っていた。自宅の蔵だ、子供がいなくなれば真っ先に探す場所のひとつだろう。

けれど助けはなかなか来なかった。ちょうど年末年始を控えた年の瀬で、初詣客《はつもうできゃく》を迎える準備に、神社はそれこそ目が回るほど忙しかったのだ。絢人がいないことに、家族はしばらく気付かなかった。

日が暮れて、ただでさえ暗い蔵がほとんど目がきかないほどの闇になり、さすがに絢人もぞっと恐怖に包まれた。まだ少しでも明るいうちになにか行動しておけばよかったと思うがもう遅い。あっというまに扉の方向すらわからなくなって、一気に不安が押し寄せる。

そのとき、絢人を見つけてくれたのもユキだった。

扉から光が差し込んでユキがあらわれたとき、絢人はあまりの安堵《あんど》に腰が抜けて立てなくなった。ユキは絢人をお姫《ひめ》さまみたいに軽々と抱き上げて、冷えた身体があたたまるまでずっと離さないでいてくれた。

それ以来蔵自体にあまり近寄っていないけれど、いまは苦手だなんて言っていられない。家に帰ったら、ジャージに着替えて、懐中電灯と、念のために水と食べ物も持って蔵に行こうと決める。

「――おい、アヤト！」

広々とした田んぼ沿いの、ひと気のない道で、急に名前を呼ばれた。

足を止めて顔を上げると、十メートルほど先に、仁王《におう》立《だ》ちしたキツカが立っている。

「よう、キツカ。今日学校休んでたけど体調悪かったのか？」

絢人が歩き出すと、キツカもぴょんと飛ぶようにして絢人に近づいた。そして、向かい合うのに充分な距離まで来たのに、さらに勢いをつけて向かってくる。

驚いて足を引こうとしたが遅かった。身を投げ出すようにして思い切り胸元にぶつかってこられ、絢人はなすすべもなく、バランスを崩してうしろへ倒れる。

「う、わ……っ！」

咄嗟にキツカの身体を支えてしまったせいで、自分を庇《かば》うこともできなかった。アスファルトに尻《しり》もちをついた衝撃が、ビインと全身を駆けあがる。通学用のリュックのおかげで背中は守られたが、やっぱり痛い。今日は本当にひどい一日だ。

「なんだよ、相撲《すもう》か？　相撲取るのって河童《かっぱ》だろ……」

「考えたんだけど」

キツカはまるで絢人の話を聞いていない。強い語調に、絢人は眉をひそめて口を噤《つぐ》んだ。

「統領の霊力が黒い宝珠なんだとしたら、それっておまえの目玉のことじゃないの？」

「――は？」

絢人は目を丸くして、自分にのしかかるキツカを見上げた。

「なに言ってんだ、おまえ」

「じゃあ見つかったわけ？　統領の霊力、おまえんちのどこかにあった？」

たたみかけられ、「ないけど……」と絢人は目を逸《そ》らす。

「でも、まだ探してないところがたくさんある。今日だってこれからうちの蔵を……」

「だからおれは！　おまえの目がそうじゃないのかって言ってるの！」

ヒュッとキツカが水を払うようにてのひらを空で一閃《いっせん》させると、尖った真珠色の爪《つめ》があらわれた。キツカは凶器みたいな爪を振りかぶって、絢人の目をまっすぐに狙う。

絢人はひやりとして、キツカの手首を摑んで止めた。

「ちょ、やめろって！」

「統領のものでしょ！　返してよ！」

ばかなことを言ってる。そう思うけれど、キツカがあまりにも真剣で、そのまま口にすることはできなかった。

絢人の目が、ユキの霊力だなんて。

あるわけがない、と一蹴《いっしゅう》しようとして、だけど蹴り飛ばす寸前に迷った。

本当に、あるわけがないことなんだろうか。少なくとも、絶対に違うと言い切れる理由を絢人は持っていなかった。

「――――」

それに、本当は、ユキの霊力を自分が持っているとしたら、しまってある可能性が一番高いのは昨日探した納戸だろうと思っていた。

蔵はまだ見ていないけれど、そもそも絢人の持ち物が蔵にしまわれることはまずない。蔵にあるのは、絢人が生まれるよりもずっと前から同じようにそこにあるものばかりだ。探してもきっと無駄なのは、誰より絢人が一番わかっていた。

そして、一番気になっているのはユキの態度だ。

絢人にはユキの霊力を見つけられないと思っているみたいだった。それが、単に絢人をあなどっているだけならいい。

だけどもし、絶対に見つからないという根拠があるのなら。

――もしかしたら、自分の目なのかもしれない。

じわじわと、キツカの言い分が自分の身に染みてくる。

どうしよう、自分の目がユキの霊力なんだとしたら、いまここで、この状況を、どうするべきなんだろう。

キツカが今度は、絢人が摑んでいないほうの手を振り上げた。反射的にそちらの手も摑んでしまってから、どうしてこんなに必死で逃げているんだろうかと苦い気持ちになった。

もし本当に、絢人の目がユキの霊力なら、返さなきゃいけない。

それさえあれば、ユキは消えなくて済むのだ。自分は目を失うけれど、死ぬわけじゃない。

ユキの存在が消えてなくなってしまうよりずっといい。

絢人に馬乗りになったキツカが、両手に体重を乗せてくる。仰向《あおむ》けになった絢人の両目に、尖った爪の先がじりじりじりと迫る。

怖くないなんてとても思えなかった。目を抉《えぐ》られるなんて、きっとすごく痛いに決まっている。失神くらいするかもしれない。それに、片目で済むのだろうか。両目だったら視力を失うことになる。一生目が見えない生活なんて、どんなものなのか想像もつかない。

だから、身体は本能でキツカの押してくる力に抵抗していた。細い手首を掴んで押し戻す腕がプルプルと震える。

ユキに霊力を返したいと思うなら、腕の力を抜けばいいだけだ。

できるはずだ、と絢人は自分を必死に奮い立たせる。

だって自分は、こんなのを返したって足りないくらい、ユキに大切にされて、たくさんの愛情をもらった。

だから、もらった分を、ユキにちゃんと返したかった。自分の愛情のありったけを、ユキに渡したい。

それは義務感じゃなかった。愛されて、嬉しくて、だから自分も同じように愛したいと思うのは、好きだからだ。

そうか、自分はこんなにユキが好きなんだ。

そう思うと、全身がきれいな水になるみたいだった。余計な考えがするりと身体から抜けていく。ユキが好きだ。

近づく尖った爪の前で、目を開けたままでいるのは難しかった。だけど必死に自然の反射に抗《あらが》う。絢人の決心に気付いたのか、キツカの手のほうがぎくりと怯《ひる》むのがわかった。

「いいよ、大丈夫だ。ちゃんと、ユキに返してやってくれよな」

「…………ッ」

「——絢人！」

吠《ほ》えるような声に、ぎりぎりまで迫っていたキツカの爪がぴたりと止まる。

矢のような鋭さでまっすぐ飛んできたのは、ユキの声だった。

「キツカ、手を引いて。それから、絢人の上からどきなさい」

「統領……」

「はやく！」

駆けてきたユキが、荒い息をしながらキツカに命じる。いつもおっとりと穏やかな喋《しゃべ》りかたをするユキが、こんなふうに声を荒らげるのを絢人ははじめて見た。

怒っているのだ、すごく。

キツカにとっても常のことではないようで、可哀相なくらい真っ青になっている。ユキに逆らっているわけではなくて、たぶん、動けないんだろう。

結局、絢人が眼前の爪を避けて身体を起こし、キツカを支えながら立ち上がった。

「――なにをしていたの」

平坦で冷たいユキの声に、絢人は気まずく視線をうろつかせた。キツカは俯《うつむ》いて硬直している。

「キツカ。なにをしようとしていたの？」

「そんな怒るなよ、キツカ怖がってるだろ」

絢人がキツカを庇って一歩前に出ると、ユキは苛立《いらだ》たしげな視線を向けてくる。なまじ顔が整っているせいか、怒りをあらわにしたときの迫力は相当のものだ。だけど怖さよりも、ユキもこんな顔をすることがあるのかと意外に思うほうが勝って、絢人はついじっとユキを見つめ返す。

絢人の物怖《ものお》じしない無遠慮な目に、ユキはわずかに居心地悪そうにして、自分を落ち着けるように目を閉じてゆっくりと呼吸をした。

「じゃあ絢人に訊くね。なにをしていたの？」

「……べつに」

「べつにって？」

「べつに、なにも」

「なにも？」

ごまかしがまったく通用しない。いままではこんなごまかしも通用するくらい、絢人はユキに甘やかされてきたのだ。

絢人は困って首筋を掻《か》いた。

両親にもシロさんにも、嘘はいけないと厳しく言われて育った。だから絢人はどんな小さなことでも嘘をつくのが壊滅的にへただ。まして、絢人のことを一番よく知っているユキを相手に、この場をうまく繕《つくろ》って言い逃れることができるはずがない。

「……俺が説明するよ。キツカは帰してやっていいか」

快諾はされなかったが、結局のところ、ユキは絢人に甘い。わかった、とユキが渋々頷いたので、絢人はキツカを促して山へ帰らせた。

キツカは絢人を心配してか、ときおり振り返りながら、ぴょんぴょんと弾む足取りで駆けていく。絢人は振り返るキツカにそのたび手を振り、見えなくなるまでその場で見送った。

「……絢人はやさしすぎるよ」

絢人が歩き出すと、ユキはため息混じりにそう言った。

「キツカはユキ兄のこと好きなだけでなにも悪くないし、責めたら可哀相だろ」

「――襲われて、殺されそうになっているようにしか見えなかったけど」

「大げさだよ」

絢人が苦笑いをすると、ユキが眉をひそめる。

それから家までは、ふたりとも一言も口をきかなかった。

リビングにはふたりで選んだソファがあるのに、ユキの指示で絢人はラグマットの上に正座させられた。絢人の膝のすぐ前に、ユキも端座する。

高千穂《たかちほ》家《け》定番の説教スタイルだ。

「それじゃあ、説明してくれる？」

促され、絢人はわかったと頷いた。

話すことはそんなに多くない。ユキの霊力がどんなものかわからないからキツカに相談をしていたこと。キツカに、絢人の目玉がそうなんじゃないかと言われたこと。考えて、自分もそうかもしれないと思ったこと。本当なら、ユキに返したいと思ったこと。

ユキは話を聞きながら目を丸くして、顔をしかめて、最終的には真っ青になった。

「どうしてそんな結論になるの……」

まるで絢人が悪いみたいな言い方だった。たしかに、自分がちょっと短絡的でばかな自覚はある。だけど絢人なりに考えて、ユキのためにと思ってしたことだった。

「じゃあ、違うのかよ」

「違うよ、そんなわけない。それに、万が一そうだとして、絢人の目を抉って霊力が戻って僕が喜ぶと思うの？」

ぐっと絢人は返事に詰まる。

わかってる、こんなのは自己満足だ。絢人だって血塗《ちまみ》れの目玉を「おまえのためだ」と差し出されても、とても素直にありがとうとは受け取れない。まして、自分の大切なひとが相手なら。

「だけど、俺にはユキ兄の命のほうが大事だ」

「いい加減にして。僕がきみのこと、どれだけ大事にしてきたか……っ！」

怒りにか、ユキの語尾が荒れて震えた。絢人は一瞬怯んで、だけどぐっと背中を伸ばす。

ユキに大事にされてきたのはわかっている。だけど絢人だってユキのことが大事で、好きなのだ。いままで大事にされたからこそ、絢人もユキを大事にしたい。

しかもいまはそれがとても緊急で、これからゆっくり返すとか、してほしいことを本人に訊ねるとか、そういうまどろっこしいことをしてる場合じゃないのだ。

ユキは穏やかで、おっとりしていて、――たぶん千年生きている余裕なのだろうけれど、それが絢人にはとてももどかしい。

はやくしないとユキが消えてしまうかもしれないのに。だってそれがいつかはわからないのだ。十年後かもしれないけど、明日かもしれない。

それを思うと、絢人は焦って焦ってしかたがなくて、子供みたいに泣き出してしまいたいような気分になる。

「俺は、ユキ兄にいなくならないでほしいだけなのに！」

叫ぶみたいな絢人の声に、ユキが顔を強張らせて、ゆがめる。

「……僕は、できる限り、ここで絢人と生きたいだけだよ」

――できる限り。

やっぱりユキは、この先をあきらめたようなことを言うのだ。

絢人との約束どおり、消えてもいいとは言っていない。だけど、同じことだ。

絢人の顔もくしゃりとゆがみ、膝の上できつく握った拳が震える。

好きだよなんて言われて、ユキの一番になったようなつもりで、だけど自分はこんなに無力だ。ユキの気持ちを変えるすべをなにも持っていない。

悔しい、腹が立つ、かなしい、むなしい。

「じゃあ、夫婦ってなんだったんだよ。おまえが一方的に俺を好きだって言って、俺の気持ちは無視して勝手に消えるのが、おまえが言う夫婦なのか？」

「絢人」

「夫が消えるのわかってて、なにもしないで隣でヘラヘラしてるのが嫁の務めなのか？　そんなの最低だ、俺はそんなのになりたくておまえを婿にするって言ったんじゃない」

「……なら」

すっとユキが腰を上げた。

怒りのオーラが身近に迫って、絢人の身体が反射的に硬直する。ユキは絢人の目を覗き込み、わずかに苦笑した。

「本当に僕のお嫁さんになってみてよ」

ユキに距離を詰められた分だけ、絢人の身体がうしろへ傾ぐ。正座の足が崩れて、斜めになった身体をラグマットについた片手で支えた。それでも、ユキは構わずさらに絢人のほうへ身を乗り出してくる。

力で押されたわけでもないのに、絢人の身体は簡単に仰向けに転がった。

「――警戒心もなにもないんだね。こんなに簡単に、僕におなかを見せて」

ユキを相手に警戒をする理由がない。絢人はなかば呆然として、悠々と自分に跨《また》がる男を見上げた。

「ユキ兄……」

古びたオレンジ色の照明の下で、半分影になったユキの容貌《ようぼう》は、甘い色気をともなって、思わず見とれるほど整っていた。

絢人が動けないでいると、ユキは長い睫毛《まつげ》を伏せながらそっと身を屈める。

音もなく、唇《くちびる》が重なった。

絢人は目を閉じることもできずに、はじめての唇の感触を味わう。

ユキは唇を絢人に触れさせたまま「目を閉じて」とささやいた。くすぐったくて、ぞわぞわして、言われるまでもなくぎゅっと目をつむる。同時にきゅっと唇も結ぶと、ユキは軽く笑ったようだった。吐息が唇にかかる。

「……絢人、かわいい」

指先に、耳の形を探られる。遊ぶように耳たぶをこねられて、ふわりと身体が浮くような気がした。耳のうしろを掻くように撫でられると気持ちよくて、「ア、」とほどけるように口元がゆるむ。

「お耳のうしろが気持ちいいんだね。絢人はもしかして、前世は猫だったのかな」

そうささやくあいだも、ユキの唇は絢人とうっすら重なったままだ。

「もし僕と絢人がただの狐と猫だったら、もっと簡単だったのかな」

ユキの指は、絢人の首筋を辿《たど》り喉元《のどもと》で止まる。

「お喉は？　気持ちいいってゴロゴロできる？」

くしゅくしゅと喉をくすぐられて、絢人は小さく身をよじった。

夏服の開襟《かいきん》シャツのボタンに、ユキの指がかかる。

ふつふつとボタンが外され、開いた胸元からユキの手がゆったりと忍び込んだ。ゆっくりまさぐられ、てのひらの温度を自分の肌ではっきりと感じる。絢人の体温よりユキの手のほうが熱い。触れられた部分に、熱をうつされるみたいだった。

「……ン、あっ」

シャツの下の手がやわらかい尖りを掠めて、絢人の身体が小さく跳ねた。

「ん？　ここが好きかな？」

親指と人さし指が、やんわりと乳首をつまむ。弾力を楽しむようにぷくぷくといじられて、たまらず絢人は鼻に詰まった声を上げた。

「ああ、かたくなってきた。かわいいね」

自分でも、その場所にきゅんきゅんと感覚が集中していくのがわかる。

ユキの唇が、宥めるように絢人の頬に触れた。唇の端へも。

軽いキスを雨のように降らせながら、きゅむきゅむと小さな乳首を繰り返し揉《も》まれ、だんだん頭がぼんやりしてくる。浮き沈みする感覚の中に、ときおりビリッと弾《はじ》ける刺激が混ざり、絢人は目眩《めまい》を感じながら薄い胸を喘《あえ》がせた。

ふわふわの桃色が、自分にのしかかっているみたいだ。目を閉じるとますます快感に溺《おぼ》れそうになる。

――気持ちいい。

「アーヤ」

その瞬間、うっとりとついた息を、絢人は鋭く呑み込んだ。

冷たい水を浴びせられたように、ゆるんでいた意識がはっきりする。

なにがふわふわの桃色だ、自分にのしかかっているのはユキだ。いま自分は、流されるみたいにして、ユキに抱かれそうになっている。

「いやだ……っ」

ひく、と腹筋が引き攣《つ》れ、それを引き金に涙がこぼれた。ひっく、と嗚咽《おえつ》が出て、情けなさにまた泣ける。

「こんなのはいやだ」

ユキを好きだと思う気持ちは嘘じゃない。想い合って身体をつなぐことを知らないほどの子供でもない。だけど、これは違うと思った。

だってなんの解決にもならない。こんなことをしても、ユキにまた、あきらめの材料が増えるだけだ。絢人を抱いて、もう充分と笑うユキが目に浮かぶようだった。

いったい、どうすればユキを失わずに済むのかがわからない。ユキに自分の気持ちをわかってもらう方法を、絢人はもうなにも考えつかなかった。

もっと利口で几帳面《きちょうめん》ならよかった。解決策を思いついたり、ユキからもらったものをすべて記録して保存していたり。だけど絢人は大雑把だし頭もさほど良くはない。自分をこんなに無力で情けないと思うのははじめてだった。

ユキの霊力を見つけることは本当にできないんだろうか。絢人がユキに差し出せるものは、もう身体しかないんだろうか。

そんなのはいやだった。

「……俺は、おまえと夫婦にはなれない」

絢人の言葉に、まるで鞭《むち》で打たれでもしたみたいに、ユキがびくりと身を強張らせた。

「絢人……」

目を上げると、ユキの顔色は真っ青だった。

「いまの、取り消して、絢人」

いつも落ち着いた甘いテノールで話すユキの、はじめて聞く震えた不恰好《ぶかっこう》な声だった。

自分の言葉がユキを傷つけたのだとわかる。だけど、絢人だって傷ついている。ここで撤回してユキに身を委ねるわけには絶対にいかなかった。

「いやだ」

頑として首を振る絢人に、ユキも顔をゆがめて同じように首を振る。

「絢人、お願いだから」

「いやだ!」

「絢人……!」

こんなに必死で、泣きそうな顔をするユキもはじめて見る。

こんな顔させたくない。ユキが好きだ。でも、だからこそ、自分の発言を翻せない。

絢人の強い意志の前に、ユキは呆然と言葉を失い、それからのろのろと絢人の上から身を引いた。絢人は起き上がって、乱れた制服を整える。それから立ち上がり、早足で玄関へ向かった。

黙ってスニーカーをつっかける絢人に、ユキもなにも言わなかった。引きとめる言葉をもらえるような気がしていたので勝手に傷つく。

離れを出て、母屋に向かう。涙がこみ上げて、絢人はまた少し泣いた。

どうしてか、二度と離れに戻ることはないように思った。


翌朝は眩しくて目が覚めた。

カーテンを閉めずに眠ったらしい。東向きの絢人の部屋は、朝の日差しが暴力的なまでに差し込んでくる。時計を見ると、いつも起きる時間よりもだいぶはやかったが、カーテンを閉めて寝なおすのもおかしい気がして、絢人はもそもそと布団《ふとん》を這《は》い出した。

——なんだか、ずいぶんと長く眠った気がする。

頭の中が妙に晴れやかだ。気持ち悪いくらいにすっきりしている。

洗面所で顔を洗い、白衣と白袴《しろばかま》に着替えて外に出た。

「おはよう、絢人。はやいんですね」

境内《けいだい》の掃除をはじめると、社殿からシロさんが出てきた。

「うん、カーテン閉めないで寝たみたいで、眩しくて目が覚めた」

「そうですか」

シロさんは、しばらくじっと絢人を見上げる。

「なに？　俺、どこか変？」

「――いいえ。今日は学校ですよね」

「そうだよ」

絢人の掃除のあとをシロさんがついて回る。

小さい子供が懐いてくるようで一見かわいいが、これでもシロさんは六百年以上この地を守る神様だ。絢人が掃除をしているときに、偉いですねと褒《ほ》めてくれることはあっても、こんなふうにただあとをついてくることなんていままで一度もなかった。

「シロさん、俺になにか言いたいことがある？」

絢人が振り返ると、シロさんは困ったように短い眉を寄せる。

「……絢人」

「はい」

神妙なシロさんのようすに、絢人は掃除の手を止めた。

シロさんは、一度迷うように俯いて、それから顔を上げる。

「絢人は、……将来、この神社を継ぐんですか？」

意外な問いに、絢人はぱちりと目をまたたかせた。

将来のことなんて、まだちゃんと考えたことはない。もう少しすれば進学や就職の話題がいやでも出てくるのだろうけれど、いまは友人たちのあいだでも、そういう話はまるで聞かない。

自分は十六歳で、世間的にはまだまだ子供だ。

「――」

十六歳。子供。

なぜかそのふたつの言葉が妙に心に引っかかる。絢人が無言で首をひねると、シロさんが気遣わしげに「絢人？」と下から顔を覗き込んできた。

「いや、うん。――ちゃんと考えたことはないけど、そうなるんだろうなとは思ってるよ。俺はひとりっこだし」

絢人の答えに、シロさんが息を止めて目を閉じた。

もともと予想していた衝撃に耐えたみたいな、そういう反応に見えて、絢人はますます首を傾げる。

「シロさん……？」

どうしたの、大丈夫、と絢人が問うと、シロさんは俯いてふるりと首を振った。

「――そうですね、絢人はひとりっこですから」

「うん」

「掃除の邪魔をしてごめんなさい。続けてください。朝ごはん、ちゃんと食べるんですよ。学校に行くときは車に気をつけて。帰りはまっすぐ帰ってきてください」

なんだそれ、と絢人は笑った。まるで小学生か、もっと小さな子供にでもするような注意だ。

だけどシロさんは絢人に合わせて笑ってはくれなかった。

「それから、山には近づいてはいけませんよ。いいですね」

「わかってる」

時間がたくさんあったので、いつもより丁寧に掃除をして、自宅に戻る。ざっとシャワーを浴びて部屋で制服に着替えた。台所からは味噌汁《みそしる》の香りがして、居間では父が新聞を読んでいる。絢人は「おはよう」と言って、父の前に腰を下ろした。

「絢人、手伝って」

台所からの母の声に、座ったばかりなのにとぼやきながら立ち上がる。

ご飯、オクラとミョウガの味噌汁、焼き鮭《ざけ》の切り身、小松菜のおひたし。三人分を座卓に配膳《はいぜん》して、絢人は「いただきます」と手を揃えた。

テレビのニュースでは、近づいている台風二十一号の情報を繰り返し放送していた。

今日の夕方から夜にかけて、もっとも接近のおそれ、と気象予報士が言うのを見て、母が

「やあねえ」とため息をつく。

この家は古いし広いから、すべての窓の雨戸を閉めて回るだけでも骨が折れるのだ。そのうえ、社殿や社務所、裏手の蔵にも用心が必要だから、母は昼からそれにかかりきりになるだろう。

シロさんが絢人に、帰りはまっすぐ帰ってくるようにと言ったのは、台風が近づいているせいだったのかもしれない。たしかに、寄り道をしたり山のほうへ行ったりせずに、急いで帰ったほうがよさそうだと思う。

テレビの映像が、すでに台風が上陸している地域の中継に切り替わる。合羽《カッパ》を着たアナウンサーが強風にあおられながら情報を伝えているようすに、今度は父が「大変な仕事だなあ」と感嘆の息をついた。

絢人は横目でテレビを見つつ食事を終え、「ごちそうさま」と食器を重ねて台所へ運ぶ。

歯を磨いて、ドライヤーで軽く髪をかわかし、通学用のリュックを肩にかけて玄関へ向かった。スニーカーに足を入れていると、背中から母の声がする。

「ちょっと絢人、髪まだ濡《ぬ》れてるじゃない」

「歩いてるうちにかわく」

もう、と母は呆《あき》れて、だけどそれ以上は言わなかった。いつものことだ。

「傘持って行きなさいね」

「うん」

「いってらっしゃい」

「いってきます」

外はいい天気で、まだ台風の影響は見えなかった。いつも天気の変化は山のほうから来るけれど、振り返った結根山は、いつも変わらないどっしりと静かなたたずまいだ。

その日は教室に着くなり、隣のクラスの、同じバレー部の友人が訪ねてきた。英語の辞書を忘れたから貸してほしいと言う。

「おー」と絢人は軽く頷いて、となりの席の机を探った。絢人の隣の席は四月からずっと空いたままで、ほとんど絢人とその周囲の席の生徒の物置になっている。

「うちも英語あるから、三時間目までに返せよ」

「おう、サンキュ」

昼頃になると雲行きがあやしくなってきた。空の端が灰色にくすんでくる。スマートフォンに入れている天気予報のアプリにも、午後の降水確率は百パーセントと表示されているし、注意報や警報の文字がたくさん見えた。

「こりゃ、部活は中止かもな」

俊哉の呟きに絢人も頷く。本当は午後の授業ごとなくなればラッキーだが、まだそこまで天気は崩れていなかった。

午後になり、空が不穏に鳴りだすと、教室の空気がそわそわと落ち着かなくなる。台風とか、嵐とか、雪とか、常とはちょっと違うことが起こると、なんだかワクワクしてしまう気持ちはわかる気がした。

だけど絢人自身は、なんとなく、いやだなあと思う。理由はなく、ただとにかく気持ちが塞いでいった。

はやく帰りたい気持ちばかりが募る。絢人は授業が終わると、部活が中止かどうかをたしかめもせずに、そそくさと帰り支度を整えた。

「絢人？」

「悪い、なんか体調悪いから帰る」

絢人がそう言うと、俊哉は「そうか」と頷いた。

「顔色悪いぞ、送って行こうか」

「平気だよ」

「おまえ、台風苦手だろ」

俊哉の指摘に、絢人はきょとんと目を丸くした。

「なんで？」

「なんでって、……なんでだろうな、そんな気がした。違うっけ」

俊哉のほうも、不思議そうに首を傾げる。

台風が好きか嫌いかと言われたら、好きではないと思う。周りと一緒に浮き足立つ気分にはとてもなれない。だけど、はっきりと苦手だと思うわけでもなかった。

「たしかにテンションは下がるけど……」

ふたり揃って首をひねっていると、教室にバレー部の先輩がやってきた。ドア端から「今日は部活中止！」とだけ叫んで、となりの教室へ駆けていく。

「……まあ、じゃあ一緒に帰るか」

「おう……？」

なんだかすっきりとしないのは、ふたりともなんだろう。なにかを思い出せなくて気持ち悪いような、パズルのピースが一枚足りないような感覚が胸にわだかまって、口数の少ない帰り道になった。

結局、強風と雨の中、俊哉は遠回りをする形で絢人を家まで送ってくれた。玄関先で礼を言っていると母が出てきて、俊哉に神饌だった梨《なし》とぶどうを持たせる。

神社から帰った父が風呂を上がるのを待って、家族三人で夕飯になった。

豚肉の生姜《しょうが》焼き、いんげんの胡麻《ごま》和《あ》え、こんにゃくの煮物、豆腐《とうふ》の味噌汁、ご飯。食後のデザートはよく冷えた梨だった。

そのままテレビを見ていると、母に「はやくお風呂に入りなさい」と叱《しか》られる。言われたとおり風呂に入り、自分の部屋に引きあげた。

そういえば、毎週買っている漫画雑誌を今日は買い忘れたことに気付く。いまからコンビニへ行こうかと思い立って、やっぱりやめる。この嵐の中出かけるのはさすがにちょっと怖い。

それに、だめだよ、と言われそうな気がしたのだ。

ふっと浮かんだのが、父でも母でもシロさんでもない声で、絢人の胸にまたもやもやとしたものが発生する。

今日は、一日ずっとこんな感じだ。

絢人はため息をついて、ベッドへ転がった。

天気のせいだろうか。胸の中がぐるぐるといやな感じだ。頭で考えようとしても、気味が悪いくらいに手応《てごた》えがない。

外では風の音がして、雨戸がガタガタと音を立てたが、それよりも、胸から去らない妙な違和感ばかりが気にかかった。

それからのひと月は、絢人らしくもなく、ぼんやりと覇気なく過ぎていった。

なんだか、なにをしても身が入らない。ときおり、ふっと意識が途切れたんじゃないかと感じる瞬間もあって、自分が心配になることもある。

十月も終わりに近づき、季節はそろそろ冬だ。暑い頃なら夏バテかもと思えたが、肌寒いこの季節にそれはなかった。

体調が悪いわけではない。いたって健康で、身体の調子はとてもいい。

ただとにかく、生活のあちこちに違和感がある。

おかしい、とはっきり思うほどではない。ほんの少し、なにか引っかかる。あれ？　と首を傾げることがある。毎日それの繰り返しだ。

自分に穴が開いているような気がする。それで、そこからずっと空気が抜け続けている。

だから、空気の足りない風船みたいに、自分に芯《しん》がなくて、ふにゃふにゃと頼りなく感じるのだ。心も身体もしゃっきりしない。

「絢人」

教室で机に頬杖《ほおづえ》をついていた絢人は、俊哉の声に顔を上げる。机のかたわらに立った俊哉は、片手でスマートフォンをいじりながら、チラと絢人を見下ろした。

「おまえ、クラス会の出欠の返事出してないって、幹事から俺にメールが来てるけど」

「クラス会？」

絢人は眉をひそめて記憶を手繰る。こういうことが一番スムーズにいかない。頭の中が、散らかった部屋みたいだ。探し物が見つからないし、あるべきものがある場所にないような気もする。

「絢人、聞いてる、聞いてんのか」

「聞いてる、思い出した、小学校のクラス会だ」

 夏にメールが来ていたことを思い出す。小学校が統廃合で取り壊しになるから、その前に校舎で同窓会をやろうという話だった。そういえば、返事をするのをすっかり忘れていた。

「……このメール来たとき、おまえと一緒にいたんだっけ？」

「いや、違うと思うけど」

そうだっけ、と絢人は首をひねる。

ちょうどこのメールが届いたとき、誰かと並んで歩いていたような気がしたのだ。雨の日で、傘をさしていた。絢人はメールを見て、その誰かに小学校が取り壊しになることを話し、幼い頃の思い出話をしたんじゃなかっただろうか。

そんな相手は、俊哉くらいしかいない。だけど、本人が違うと言うなら絢人の思い違いだろう。ますます自分の頭が心配になる。

「で、どうする。行くのか」

「行く行く。あとで返事しとくわ」

「いや、いま俺から返信したほうがはやい。出席でいいんだな」

「うん、サンキュ」

俊哉はスマートフォンに目を落とし、スススと指を動かしてすぐに目を上げた。絢人もそうだが、俊哉もこの手のやりとりが簡素だ。たいてい「わかった」「ああ」「無理」「違う」あたりのどれかで、今回はたぶん「絢人も行く」くらいの文面だろう。

「そういえば、タイムカプセルを掘り起こすって言ってたぞ」

「タイムカプセル?」

「卒業のときに埋めただろ、覚えてないか?」

それも苦心して思い出す。

「ああ、あったな」

「成人式の年に取り出す予定だったけど、工事がはじまったらきっと埋めた場所もわからなくなるから、いまのうちに掘っておこうってことらしい」

金属でできた球体の入れ物を、校庭の隅にあった百葉箱《ひゃくようばこ》の下に埋めているシーンが頭に浮かんだ。たしか、いろいろなものが入るほど大きい容器ではなくて、全員手紙を入れようということになったはずだった。

「手紙とかむず痒いな。なに書いたかぜんぜん覚えてない」

「俺もだ。くだらないこと書いてあるんだろうな」

そういえば、と俊哉がスマートフォンを制服のポケットにしまいながら口を開く。

「学校のは手紙しか入れられなくてつまんねえって、自分で勝手にタイムカプセル埋めるの流行《はや》らなかったか？」

「ああ、流行った！」

タイムカプセルといえば、とっておきの宝物を入れて埋めるもの、というイメージがあって、子供だった自分たちは不満だったのだと思う。誰かが「公園に自分だけのタイムカプセルを埋めた」と言ったのをきっかけに、クラスでそれが大流行した。

「俊哉はなにか埋めたか？」

「いや、俺はやらなかったな。絢人は？」

訊ねられ、また眉を寄せて記憶を手繰り寄せる。

「俺は……、埋めた」

そうだ、たしか、神社の境内だ。社殿の脇にある、大きな桜の木の下に埋めた。樹齢二百年以上の老木で、いまでは縁結びのパワースポットとしてひそかに人気がある。

神聖な木だと言い含められていたので、その木の下を掘るのは罰当《ばちあ》たりな気がして、父に見つからないようにヒヤヒヤしながらシャベルを使った。

「へえ、なに埋めたんだ？」

「なんだったかな……」

なにを埋めたのかは思い出せなかった。だけど、あの木の下でなければと強烈に思ったことだけははっきり覚えている。そこなら守られる、と思った。

絶対に守りたい、大切なものだったのだ。

自分がそこになにを埋めたのか無性に気になった。好奇心というより、急《せ》き立てられる気持ちが強い。

気もそぞろに午後の授業を受けて、絢人は走って帰宅した。玄関先にリュックを放り投げて、ふたたび外へ飛び出す。

掃除道具などをしまっている社務所の用具入れにシャベルがあった。摑んで、桜の木へ向かう。さいわい参拝客はいなかったので、絢人は一礼をしてから、数年前に作られた低い柵を跨《また》いで桜の根元へ足を進めた。

社務所から見て死角になる位置を掘ったことは覚えていたので、それらしい場所にしゃがみ込んでシャベルをつきたてた。少し掘り返すと根に当たったので、場所を少しずらしてまた掘ってみる。

五回くらい繰り返したところで、シャベルの先がコツンとなにかに当たった。

「あ、……った」

てのひらくらいの大きさの、寄木細工《よせぎざいく》の箱が出てくる。絢人は立ち上がりながら手で表面の土を払って、まずはしげしげと箱を眺めた。

本当にあった、という気持ちが強い。

最近は、自分の記憶や思い出が曖昧《あいまい》なことが多くて、タイムカプセルのことも、埋めたと確信しながらもどこかで自分を疑っていたのだと思う。

安心して、だけどひどくドキドキする。

絢人は逸《はや》る胸を深呼吸で宥め、意を決して箱を開けた。

左側面を下げ、上蓋《うわぶた》を左にずらし、右側面を下げて、蓋を右にすべらせる。考えなくても、身体が覚えていたのか寄木細工の箱は簡単に開いた。

「――――ッ！」

瞬間、箱の中でなにかが強く光った。目を開けていられないほどの光に、絢人は箱を取り落としてきつく目をつぶる。

太陽か星でも入っていたんじゃないかと思うような眩しい衝撃に、しばらくは目の前がチカチカした。何度か強くまばたきをして、ようやく視界が戻る。

絢人は、桜の根元に落ちた箱にそろりと近づいた。ようすを窺《うかが》うようにそうっと覗き込んで、それから手を伸ばす。おそるおそる持ち上げたが、箱はもう光らなかったし、それ以外のことも起こらなかった。

いよいよ中を覗き込む。

けれど箱の中にあったのは、折りたたまれた紙だけだった。

箱を落とした拍子に中身も出てしまったのかと周りを見回したが、近くにはゴミひとつ落ちていない。

拍子抜けしてしまう。学校のタイムカプセルには手紙しか入れられないからと、ここには当時の宝物を入れて埋めたはずだった。だけど、それも自分の記憶違いだったんだろうか。手紙ばかりいくつも埋めても仕方ないのに、いったい当時の自分はなにを考えていたのだろう。

落胆しながら、絢人は小さく折りたたまれた紙を開く。

昔から筆圧の強い絢人の、はっきりとした鉛筆の文字が目に入る。

『ユキ兄からはじめてもらった一番の宝物だ。大事にしてねって言われたから、なくさないようにここに埋める。

おとなになった俺も、ユキ兄のことが一番好きかな。きっとそうなんだろうな。』

「――ユキ兄？」

知らない名前だ。だけど、口に出してみると、胸に雪崩《なだれ》のような衝撃が起きた。

うそだ、知っている。ユキ兄と、何度も何度も呼んだはずだ。

誰なんだろう。思い出さなきゃいけない。

「絢人？　いま、なにかありましたか？　妙な光が山のほうへ……」

シロさんが社殿から出てきて、絢人に歩み寄ってくる。

ひょいと絢人の顔を覗き込んだシロさんが、はっと身を強張らせたのを見て、絢人は自分が泣いていることに気付いた。ぼたぼたと、地面に涙が落ちる。

「絢人、どうしたんですか」

シロさんの小さな手が、絢人の手を握る。冷たくてやさしい手も、知らない誰かを思い出させる気がして、絢人は子供のようにしゃくり上げた。

「ユキ兄……」

絢人の泣き声に、シロさんが目を瞠った。

「絢人、いま、なんて、」

「ユキ兄、……ユキ兄」

せつなくて胸が痛い。息が苦しくて、ひとつの名前以外なにも声にならなかった。

「………」

シロさんは黙ってしばらく俯いて、それからきっぱりと顔を上げると、絢人の手を引いて歩きだした。

鳥居を抜けて公道に出ると、はす向かいに、絢人が生まれるまで両親が住んでいた離れがある。シロさんは、絢人を連れてその小さな家の前に立った。

「ご丁寧にここにまで結界を張って……本当にあれには困ったものですね」

ぶつぶつとシロさんは文句を言いながら、いつのまにか手にしていた扇で家をひらりとあおいだ。すると、ふわ、と建物から薄皮のようなものが一枚めくれて、ひらひらと頼りなく空へ飛んでいく。

「どうぞ、お入りなさい、絢人」

手を離しながらそう促され、絢人はすんと鼻をすすりあげる。

「ぼくはユキのことをいまでも信用はしていないですし、絢人がユキと一緒になることが幸せなのかわからないです。だけど、こういう結末はよくない。絢人はユキのこともっと怒っていいんですよ。賢哉《けんや》も江利子《えりこ》も昔から、ユキは絢人に甘いと言っていましたが、ぼくは、絢人がユキに甘いんだって思いますね」

「シロさん、ユキ、って?」

絢人を揺さぶる『ユキ兄』が、シロさんの言う『ユキ』なのだろう。両親もそのひとのことを知っているような口ぶりに絢人が眉をひそめると、シロさんは痛ましがるように少し顔をゆがめた。

「いいから、入ってごらんなさい」

離れの玄関に鍵はかかっていなかった。

戸を開けると横に広い玄関で、すぐにリビングダイニングとキッチンだ。窓が大きくて天井が高い、明るくて開放的なつくりだった。ベージュのカーテン、窓際の観葉植物、大きめのソファ、グリーンのラグマット、爽《さわ》やかでセンスのいい配色だと思う。

ぐるりと家の中を見回して、絢人は首を傾げた。

違和感だろうか。なにか引っかかる。

まるで、最近まで、誰かが住んでいたみたいだ。

――違う、誰かじゃない。

「わかりますか？　絢人はここで、ユキと暮らしていたんですよ」

「……俺が、ここで」

そう聞かされても驚きはなかった。そうなのか、と納得さえする。

「絢人。これはたぶんユキの本意ではありませんが、絢人が望むなら、僕が、絢人の欠けた記憶を返してあげます」

どきりとして、絢人はシロさんを見下ろした。

「欠けた記憶？」

「正しくは『封じられている』ですけれど。自分でも気付いているでしょう？　足りないものがあると」

絢人は小さく頷いた。

毎日の生活に、ずっと違和感があった。それが、記憶が欠けていたせいだというならしっくりくる。

「俺が忘れているのは、『ユキ兄』のことなんだな」

「そうです」

「それで、俺が思い出すことを、『ユキ兄』は望んでいない？」

「はい。絢人の記憶を封じたのが、当のユキですから」

絢人はゆっくりと息をして、あらためて周囲を見渡した。

やわらかい色合いの、居心地のいい空間だった。ここで自分が誰かと暮らしていたのなら、それは幸せな時間だったに違いない。

「……俺は、本当のことが知りたい」

「知らないほうが、穏やかな暮らしかもしれませんよ」

「それでも知りたい。知らなきゃいけないって思う。お願いだ、シロさん」

「――わかりました。目を閉じて」

シロさんの言葉に従い目を閉じる。

「たくさんの情報が絢人に戻ります。もしかしたら具合が悪くなるかもしれませんが、頑張れますね？」

決心を込めて頷く。

本当は少し怖い。いまの自分になにが欠けているのかも、これからなにが戻ってくるのかも絢人にはわからない。もしかしたら悪いことだって含まれているのかもしれない。

だけど、ユキ兄、と小さく呟いてみると、なぜか、いくらでも勇気がわいてくるような気がした。

結根山の標高は四百八十三メートル、決して大きい山ではない。ただ、神さまが住まう神域とされているので、登山道は整備されていない。

つまり、入山は基本的に禁じられているのだ。

絢人はその結根山の、草の生い茂ったゆるやかな勾配を、なんの当てもなく黙々と歩いていた。

さっきまで赤い夕陽《ゆうひ》が眩しかったのに、気がつけばもう暗くなりはじめている。当然電灯なんてないから、完全に日が落ちてしまったら真っ暗になるに違いなかった。

明日にするべきだったのかもしれない。登山ができるような恰好をして、水や食べ物を持って、充分に備えてから来るのがまともな判断だ。

だけど、いてもたってもいられなかったのだ。一秒だって待てなかった。

とにかく山へ。それで、ユキに会わなければと、いま絢人の頭の中はその思いだけだ。

どうして忘れられたんだろうと、悔しいような苛立つような気分で足をすすめる。

戻った記憶はシロさんの言うとおり膨大な量で、頭の中はまだ完全には整理されていない。

食べすぎたときの胸やけのような気分の悪さも消えない。

込み上げる吐き気にときおり足を止めながら、それでも絢人は勾配を登り続けた。

ユキはどうして、絢人の記憶を封じて、いなくなってしまったんだろう。

最後の日の記憶を辿る。

ユキに霊力を返したくて、それで喧嘩をしたのだ。絢人もずいぶん腹を立てたけれど、ユキもかなり苛立っていた。それで、――そうだ、押し倒されて、身体を触られた。

絢人が拒んで、ユキが手を引いた。

あんなふうに一瞬で、指先だけで、自分たちを包む空気が一気に性的になるなんて思わなかった。

甘い快楽にうっとりと流されそうになったことを思い出して、絢人はぶるっと頭を振る。

そしてその翌朝、絢人からはユキに関する記憶がいっさいなくなっていた。

できる限り絢人といられればそれでいいなんて言ったくせに、ユキはなにも残さずにいなくなってしまった。

言うことをきかない絢人のことが嫌いになったんだろうか。絢人が頑固でばかだから、愛想を尽かしたんだろうか。妻なのに身体を委ねなかったから怒ったんだろうか。

そうだとしても、あまりに勝手だ。

ユキはいつだってそうだ、と絢人は苛立ちまぎれに足元の石を遠くへ蹴とばす。

絢人のことを大事にしてくれるいっぽうで、絢人の意見には耳を貸さない。

たしかに、ユキには自分のことはほとんど知られていると思う。絢人が考えることはたいていユキにはお見通しだ。だけど、だからといって自分の先のことまで全部、ユキに決められたくはなかった。

結婚のことだって、唐突だったけれど、でも、最終的には絢人が決めたことだ。

だから今回だって話してほしかった。もしユキが絢人に愛想を尽かして山に帰ることにしたのだとしたって、絢人の記憶を封じることを、どうしてユキが勝手に決めるのか。

ユキのことは全部大事だ。忘れたくない。拒んだことを後悔して、ユキを失ったことで自分を責めることになったとしても、それで構わなかった。ユキの過ごした時間のなにもかもをなくすよりずっといい。

本当に腹が立つ。絢人にだって、意思も気持ちもあるのに。

なにより、絢人がユキのことを好きだということが、まるで理解されていないことに腹が立った。

ゴウ、と強い風が吹いて、水滴が頬に当たった。空を見上げると、暗い空に、重い灰色の雲が流れている。

ぽつ、とまた水滴が当たる。次はもっと数が多い。雨だ、と絢人は足を止めた。

ボツボツと大粒の雨が地面に落ち、冷たい風がますます強くなる。木々がザワザワと大きな音を立てる。山全体が、低い唸《うな》り声を上げる生き物のようだ。

「…………ッ」

前へ進む動力になっていた怒りが、しゅうとしぼんで消える。

深呼吸をしようとゆっくり吸って吐いた息がみっともなく震えた。

だめだ、足が竦んで歩けない。

絢人は泣きたいような気持ちでその場に立ち尽くす。

怖い。風の音も、雨粒の冷たさも、暗い景色も、なにもかもが怖かった。

嵐が怖い。そのことを思い出す。

そして、光がまたたくように、幼い頃の記憶もよみがえった。

そうだ、五歳のときも、こんな嵐の山を、絢人はひとりで歩いていたのだ。どんぐりを拾っていて夢中になって、どこが境かもわからないまま山に踏み込んでいた。

そのうちに天気が崩れ、晴れていた空がまたたくまに暗くなった。絢人は引き返したつもりだったが、来た道を辿れていなかったんだろう。そもそも道なんかないのだ。歩いても歩いても同じ景色で、獣が吠えるみたいな風の音がひっきりなしに聞こえて、怖くて絢人は泣きながら、それでもあのときは足を止めることができなかった。

ユキと会ったのはそのときだ。泣きながら歩く絢人の前に、ユキは本当に唐突に、すらりとあらわれた。

黒髪、黒い瞳、黒の狩衣《かりぎぬ》。闇に滲《にじ》むようで、なのに凜《りん》と際立って、静かできれいだった。

ひとがいることに安堵して、だけどすぐに見慣れないものに気付いた。ふかふかと大きな尾が四本、背中から覗いている。

びっくりして泣きやんだ絢人に、ユキは「どうしたの？」とやさしく笑いかけた。

どんぐりを拾っていて迷ったことを話しながら、絢人はその拾ったどんぐりを全部どこかに落としながら歩いていたことに気付いた。

また絢人が泣き出すと、ユキは困ったような顔をして、それから腕を伸ばして抱き上げてくれた。

——僕と一緒に来る？

ユキに抱き上げられると、あれほど怖かった風の音が遠ざかった。このひとの近くなら怖くないんだと思った。ひし、と抱きついた絢人を、ユキは安心させるようにやさしく抱きしめて頬を寄せてくれた。

連れて行かれたユキの住まいは、ちょうど、絢人の家と神社の本殿を足したようなつくりだった。質素だけれど清潔で広々とした屋敷だ。長い廊下に沿ってたくさんの部屋があり、あちこちからひとの気配がした。何度か廊下を折れて、突き当たったところがユキの部屋のようだった。

その日はユキのあたたかい尻尾に抱かれて眠った。そして翌日は、一緒にどんぐりを拾いに出かけた。ユキが連れて行ってくれたのは、宝石みたいにきれいで大きなどんぐりが落ちている場所で、絢人は大興奮して次から次へとどんぐりを拾ってはポケットに詰めた。

その晩もユキに抱かれて眠り、翌日もまた、ユキと山で遊んだ。

ユキは山を移動するときにはかならず絢人を大事に抱えて、決して自分では歩かせなかった。自分が特別な存在になったみたいで、くすぐったくて嬉しかったのを覚えている。

小さな絢人のつたない話も、ユキはいつも楽しそうに聞いてくれた。わがままは言わなかったはずだけれど、絢人の願いはユキの手でなんでもかなえられた。

まるでユキの時間はすべて絢人のためにあるかのようだった。やさしいユキのことが、絢人はすぐに大好きになった。

――絢人、おうちに帰る？

一度、ユキにそう訊ねられたことがある。だけど「帰らない」と言ったのは絢人だった。

――ここにいたらいけないの？

訊ね返した絢人に、ユキは「まさか」ときれいに微笑んだ。

――ずっとここで暮らしたっていいんだよ。

――ほんとうに？

――うん。……本当にかわいい子。僕のお嫁さんにしちゃおうかな。

「――――」

ふら、と足が自然と前に出た。

さっきまでの怒りの代わりに、せつない思いがこみ上げる。

なんでもいいから、とにかくユキに会いたかった。

本格的に降りだした雨のせいで、足元の土がぬかるんでひどく滑る。足元が悪いせいで、絢人は何度も転んで、スニーカーも制服も手も顔もあっというまにドロドロになった。

身体が冷えて寒い。それに空腹だ。だけど、うしろを振り返ろうとは思わなかった。

ユキとここで過ごしたことを思い出せても、あの屋敷がどこだったのかはわからない。当てもなく歩いて辿りつける自信なんか少しもない。

それでも、どうしても会いたい。

ガサ、と木の枝が揺れる音がしたのはそのときだった。絢人が足を止めると、近くの木から、溜《た》まった雨水とともに小柄な影がひょいと落ちてくる。

「……キツカ」

もう秋の終わりなのに、最後に会ったときと同じ夏の制服を着たキツカが、絢人の前に立った。絢人を見て、気まずそうに目を伏せる。

「キツカ、俺、」

助かった、と思った。キツカなら、ユキの居場所を知っている。連れて行ってもらえると思った。けれど、絢人が案内を頼もうとするより先に、キツカが口を開く。

「統領が、おまえを神社に送れって」

素っ気なくそれだけ言って、ツイ、とキッカが背中を向ける。ついてこいということなんだろう。だけど従えなかった。

「俺、ユキ兄に会いに来たんだ！」

絢人の言葉に、キッカの足がぴたりと止まる。

「だから帰らない。頼む、ユキ兄のところに連れてってくれ」

訝《いぶか》しげな顔で、キッカが振り返った。

「……いま、なんて？」

「え？」

「ユキ兄って言ったの？　……それに、おれの名前も？」

そうか、と察する。絢人が記憶を取り戻したことをユキは知らないのだ。だからキッカにもそう言い含めてここに寄越したんだろう。

「覚えてる。思い出したんだ、だから来た」

キッカはこちらに向き直ると、正面からじっと絢人を見つめた。

びしょ濡れで向かい合っているうちに、雨足が徐々に弱くなってくる。けれど風は依然強いままで、寒さに奥歯がカチカチと鳴る。だけど、絢人は黙って、キッカからまっすぐ目を逸らさずにいた。

「――わかった」

こく、とキッカは頷き、絢人の横をすり抜けてスイスイと山を登っていく。絢人は慌ててあとを追いかけた。

少しも歩かないうちに、目の前が唐突にひらけて、大きな屋敷があらわれた。もしかしたら、簡単には辿りつけないような仕掛けがあるのかもしれないと思う。だいたい、山の中にこんな大きな屋敷が普通にあるはずがない。

明かりが灯《とも》る玄関を、キッカが慣れた仕種《しぐさ》で開ける。

「入りなよ」

「俺、すごい濡れてるし汚れてるけど」

「べつにいいよ。あとで誰かに掃除させるし」

キッカ自身も雨に濡れているが、気にせず廊下を進んで行ってしまう。きれいに磨かれた廊下を汚すのは気が引けたが、絢人もスニーカーを脱いでキッカに続く。

廊下の両側には白い障子《しょうじ》がずっと続いていて、ざわざわとひとが暮らす気配がした。いまなら、それが全部、ユキやキッカと同じ狐なのだとわかる。

いくつか角を折れた突き当たりがユキの部屋なのは、絢人の記憶と同じだ。

「統領は中にいるから」

キッカはそう言うと踵《きびす》を返して廊下を引き返していこうとする。

「キッカ」

絢人が呼びとめると、キツカは迷惑そうな顔を作って「なに?」と振り返った。

「……俺のこと連れてきて、おまえ、あとでユキ兄に怒られたりしない?」

キツカは無言で眉をひそめてため息をついた。

「悪かったと思ってるんだよね」

「へ?」

「おまえの目を取ろうとしたこと、悪いと思ってる。だから気にしなくていいよ」

それに、とキツカは唇を尖らせて声のトーンを落とす。

「統領、帰ってきてからずっとおかしいんだ。話しかけても上《うわ》の空だし、毎日ぼうっとしてて、ここにいるのに、まるでいないみたい」

しゅんとしおれたキツカを見るだけで、ユキがどんなようすなのかわかるようだった。

「おれはどんな統領でも、ここにいてくれればそれで嬉しいけど、でも、それが統領の幸せじゃないことくらいはわかるから」

「キツカ……」

ぷい、とキツカは背中を向けて、今度こそ早足で廊下を戻っていく。すぐに見えなくなりそうな華奢《きゃしゃ》な背中に、絢人は慌てて声をかけた。

「キツカ、ありがとな!」

やっぱりいいやつだと思う。ほっそりとした背中が廊下を曲がっていくのを見送って、それから絢人はあらためて目の前の障子と向き合った。

ドキドキと心臓が鳴る。期待よりも不安のほうがずっと強い。

ユキが絢人を嫌いになって山に帰ったなら、迷惑そうにされるかもしれない。絢人がなにを言っても怒っても、全部無視されるかもしれない。そう考えると弱気になる。

だけどここまで来たのだ。もう引き返すなんて選択肢はなかった。

ユキに会う。自分の気持ちを伝える。ユキに拒まれても一歩も引かない。

よし、と絢人は意気込んで、目の前の障子を勢いよく開いた。

「ユキ兄！」

「――絢人」

黒い髪、黒い瞳、黒の狩衣、四本の尾。

そこにいたのは、懐かしいようで、はじめて会うようで、だけど間違いなく、絢人の好きなユキだった。

「おかしいな、絢人がこんなところにいるわけがないのに？」

困った子供を見るやさしい微苦笑に、絢人は安堵のあまり、そのまま畳にへたり込んでしまった。

だって、よく知っている表情だった。

ユキが現実に、自分に向かって微笑んでくれる。いままで一番当たり前だったそれが、自分にとってどんなに大切だったか思い知る。

「ユキ兄」と絢人がもう一度呼ぶと、ユキはますます笑みを困らせる。

胸がひりひりと震える。

ユキが好きだと、深く深くそう思った。

目の前にユキがいる。それだけで、どうしようもなく嬉しくて幸せで安心する。

会いたい一心でここまで来たけれど、実際こんなにユキに会いたかったのかと、自分で驚いて呆れるくらいだ。

「……好きだ」

ほかに、どんな言葉も浮かばなかった。口にした瞬間に、ほとほとと涙がこぼれる。

あとはもう、泣くしかできなかった。

雨と泥に汚れて、畳に手をついて泣く自分は、ユキにどんなふうに映っているんだろう。

呆れて、困っている姿が目に浮かぶ。絢人はまだまだ赤ちゃんだと、やっぱりそう思うんだろうか。

ユキが、絢人の前に膝をついた。

「絢人」

戸惑いをたっぷり含んだユキの声に、絢人は泥だらけの拳で濡れた顔をぐいと拭う。

はじめて会ったときも、絢人はユキの前でたくさん泣いた。

まるで五歳のときに戻ってしまったみたいだ。だけど、もうおとなだ。

泣くのは、怖いからでもかなしいからでもない。好きだからだ。誰かを好きで泣けるなんて、幼いころは知らなかった。

「――本当に、僕の絢人なの？」

は、と顔を上げる。

ユキの戸惑いは、絢人が子供みたいに泣くせいじゃなかった。絢人が本当にここにいるのかを訝っているのだ。

「僕のこと、忘れたはずでしょう？」

そう言われ、絢人の胸に忘れていた怒りが戻ってくる。

「俺が自分で忘れたみたいに言うなよ。ユキ兄が封じたってシロさんに聞いたぞ」

絢人の責める口調に、ユキは小さくため息をついて「そうか、シロさんか」と言った。

「ユキ兄、なんで、こんなこと」

「だって、忘れちゃったほうが絢人は幸せになれるから」

あまりに想像どおりの決めつける言いかたに、絢人はむっと顔をゆがめた。

「俺の幸せを、なんでユキ兄が勝手に決めるんだ」

「だって、僕が世界で一番絢人の幸せを願っているんだよ。どうすれば絢人が幸せになれるのかって、いつだってそればっかり考えてる。そんな僕以外の誰に、絢人の幸せを決められるの？」

当たり前に言い切る態度はいっそすがすがしい。

絢人はキッと顔を上げて、ほとんど衝動で片手を振り上げた。だけど、怒れない。ユキがどんなに自分を好きでいてくれているのかは、絢人が一番よく知っている。

弱った猫みたいな、まるで威力のない平手で、ぺちりとユキの頬を叩《たた》いた。ユキはびっくりしたらしく、目をぱちくりとさせている。

「……俺だろ！」

「え？」

「俺の幸せを決めるのは、俺だろ！」

絢人の言葉に、ユキはますます大きく目を瞠った。

「違うのか！」

ユキが、まばたきもせずにまじまじと絢人を見つめる。絢人の存在をよくよく知ろうとするような、そんな目だった。

もしかしたらいま、ユキにははじめて十六歳の絢人が見えているのかもしれない。そう感じて、絢人もまなざしにこれでもかと力を入れる。

「……絢人の言うとおりだね」

やがて、静かなため息とともに、ユキがそう呟いた。

「それで、絢人は自分の人生をめちゃくちゃにした僕が許せなくて、わざわざここへ来たの？」

ハ？　と絢人は眉を跳ね上げた。

「おまえ、俺の話聞いてたか」

「もちろん、僕が絢人の話を聞かなかったことなんかある？」

「でもいま聞いてなかっただろ！」

「聞いてたよ」

「好きだって言ったろ！」

バン、と絢人が畳を叩くと、ユキは妙なことを聞いたとでも言いたげに、眉をひそめて首を傾げた。まるで絢人の言うことを信用していない態度だ。

好きだと言って、どうしてこんな反応をされなければいけないのかわからない。絢人が涙目で睨むと、ユキは困惑顔で「だって」と言った。

「僕を拒んだのは絢人だよね？」

そう確認するユキに、絢人はぎゅっと眉間《みけん》に皺《しわ》を寄せた。

「僕とは結婚できない、そう言ったね？」

「……言った」

だって、あのときはそう思ったのだ。渋々頷くと、ユキは絢人の不機嫌をあやすように指先を伸ばして頬を軽く撫でる。

「絢人。僕が、シロさんとした約束を覚えている？」

「約束？」

――本当は、ぼくとユキの約束は三つありました。

そう言って指折り教えてくれたシロさんの声を思い出す。

「ええと、なんだっけ。霊力を俺に預けること、約束のときまでは、俺の兄でいること、」

「――おとなになった絢人本人に拒絶されたら姿を消すこと」

最後のひとつは、ユキがゆっくりと口にした。

おとなになった絢人に拒絶されたら姿を消すこと。

絢人は呆然と口を開けた。

「……じゃあ、俺に愛想尽かして出ていったんじゃないのか」

「僕が絢人に愛想を尽かす？　そんなことあるわけないじゃない」

ユキはいつものやわらかい苦笑で答える。

「僕はシロさんとの約束を絶対に破れない。僕がどんなに絢人を好きでも、絢人に拒まれたらそばにはいられなかった」

シロさんも、ユキはシロさんとの約束を破れないと言っていた。

聞いていたのに、自分は忘れていたのだ。というより、あまりそのことを重要だと感じていなかった。

あのとき絢人は、いやだとユキを拒んで、結婚できないと言った。

いま思い返してみれば、これ以上ない拒絶だ。

「――ごめん、俺、そんなつもりじゃなかった」

しゅん、と絢人が俯くと、ユキは呆れたように、でもいとしがるように目を細める。

「僕を好きだって言ったの？」

やさしく問われて、絢人ははっと顔を上げた。

やっと伝わりかけている。そう思った。目の前に、望みの糸が垂らされたように感じて、急いで摑みに行く。

「言った！」

「本当に？　家族としてじゃなくて？」

「本当だ」

眩しいものを目にしたみたいに、ユキが目をしばたたかせる。

「絢人」

「うん」

「……もう一回聞きたいな」

好きだという言葉を求められているのだとわかって、絢人は「よし」と頷いた。

正座をしなおして、背中を伸ばしまっすぐにユキを見つめる。ユキも、絢人にならうように居住まいを正した。

あらためて見ると、黒いユキは、本当になにもかもが整ってきれいだ。口を開こうと吸った息が止まってしまう。

「――――」

「絢人？」

さっきから何度も口にした言葉なのに、急に喉が塞がれたようで声にならなかった。好きだなんて、ただの本心で、言うのは簡単なはずだ。なのに、いざ声に出そうとすると、なぜかぶわっと体温が上がって頬が熱くなる。

ユキが、珍しいものを見るように絢人を凝視《ぎょうし》する。

「ちょっと、待って。あんまり、見るなよ」

「え？　……ああ、ごめんね。でもびっくりして。もしかして、恥ずかしいの？」

ますます顔を覗き込んでこられ、絢人は顔を腕で隠してユキから背けた。

「ねえ絢人？　愛してるよ、絢人は？」

「だから、やめ……っ、て」

顔を隠した腕を掴まれて、引き寄せられる。それでもかたくなに顔を背けていると、目尻にふわりとユキの唇が触れた。

「…………ッ」

「やっとこっち向いた」

間近で目が合うと、ユキが甘く微笑んだ。あまりに堂々ときらめいていて、目がチカチカする。ほとんど絶句した絢人に、ユキは楽しそうに唇を近づけた。

傾いていてもユキの顔は整っている。そう思っているうちに、チュンと弾むように口付けられた。

「好きだよ、絢人」

ぎゅっと抱きしめられ、胸が詰まった。ジンジンと全身が痺《しび》れるみたいだ。

「……俺も」

絢人は縋《すが》るように、ユキの背中に腕を回した。そろそろと抱きしめると、さらに強い力で抱き返される。そのまま腰を引き寄せられ、ユキの膝に乗せられると、ちょうど視線が同じくらいの高さになった。

「——ああ、本当に」

間近から絢人の瞳の中を覗き込み、ユキがうっとりと息をついた。

「絢人、本当に僕を好きなんだね。目が、そう言ってる」

低いささやきに、抱かれた腰がぞわぞわと落ち着かなくなる。ときめきで胸がいっぱいになる。

「信じられない、もうだめだと思ったんだ」

至近距離にあるユキの瞳が熱っぽく潤む。

「二度と会えないと思った。絢人なしで、この先どれだけ生きなきゃいけないのかって、そればかり考えてた。長生きを倦《う》んだことはあったけど、死にたいと思ったのははじめてだったよ」

ギョッと絢人は目を瞠った。

「死にたい、とか」

「大げさだって思う？　でも、絢人を失って、どうして生きていけるの？」

ぐす、とユキの鼻が湿った音を立てるので、絢人はますます慌てた。

「ユキ兄、泣くなよ」

抱いた広い背中を撫でるくらいしかできない。てのひらで背中をさすると、ユキの目からほろりと涙がこぼれた。

「だって、絢人は僕がはじめて見つけた、生涯で唯一の宝物なんだよ。失ったら生きていけないに決まってるでしょう？」

「……うん、ごめんな」

千年生きてきたユキが唯一と言うなら、それはすごいことだ。

絢人が神妙に謝ると、ユキは泣いたことを恥ずかしがるようにスンと鼻を鳴らして咳払《せきばら》いをした。

「ううん、ごめん。違うんだよ」

目を伏せたユキの鼻先が、甘えるように絢人に寄せられる。まぶたに浮かぶ男らしい色気にどきりとした。

「だから、絢人が来てくれて本当に嬉しかった。ありがとう。絢人はやっぱり僕の運命だ」

吐息がかかって、キスが待てなかったのは絢人だった。ぎくしゃくと勝手に顎が上がる。絢人の不器用なキスを、ユキはくすぐったそうに受け止めた。

「……ン、う」

伸びた舌が、絢人の唇を割る。求められるままに口を開いてユキを招いた。熱い舌が、器用に絢人の舌を探り当てて絡みつく。

はじめての深いキスは気持ちよくて、とろとろと意識が溶けだしそうになった。目を閉じると、頭の芯がくらくらする。

「ユキ兄……」

頭が重くて、自分の首では支えていられないような心地だった。ぐらりとうしろに傾ぎそうになる絢人の後頭部を、ユキの手が包んで支えてくれる。

「――絢人?」

ユキが、訝しげな声で絢人を呼んだ。「なに?」と答えたのだと思う。少なくとも、絢人はそのつもりだった。

「ねえ、もしかして、寝ちゃうの？」

そんなことない、と言おうとしたのに、舌まで重くてうまく動かない。頭と舌だけじゃなかった。肩も足も指も、なにもかもが泥をまとったみたいに重い。

そうだ、山の中で雨に濡れて、何度も転んで泥だらけで、自分は疲労困憊《ひろうこんぱい》しているのだ。

「もう、絢人ったら」

呆れるユキの声が、遠くなる。

「愛してるよ、おやすみ」

撫でられ、抱きしめられ、絢人はゆるゆると意識を手放す。夢心地というのは、たぶんこういうことを言うんだろう。

ユキの腕の中はまるで、お菓子でできた甘い揺りかごのようだった。


目を覚ますと、絢人は清潔な布団の中にいて、枕元にはシロさんとユキがいた。

「——絢人、ぼくはとっても怒っていますよ。どうしてかわかりますか」

そろ、と絢人は目だけであたりを窺った。

離れの、絢人の部屋だった。絢人が寝ているのは自分のベッドで、シロさんは絢人のデスクチェアに腰かけている。シロさんのかたわらに立っているユキは、やっぱり髪も目も黒かったが、細身のパンツとTシャツ、カーディガンという見慣れた姿だ。

「絢人」

ぴしりと飛んでくるシロさんの声に、絢人はもそもそとベッドから起き上がった。すかさずユキが手を貸してくれようとするのを、病人じゃないからと断る。

山登りの汚れは、ユキが拭ってくれたんだろうか。絢人も、清潔なTシャツとハーフパンツを着ていた。

「ごめんなさい」

「なんのごめんなさいですか」

「黙ってひとりで山に入ってごめんなさい」

絢人の答えにシロさんは満足したようだった。「よろしい」と頷いて表情をやわらげる。

「なにかあればかならずユキが守るだろうから危険はないと思ってはいましたが、心配はしました」

「ごめんなさい」

「ありがとうも言って、絢人。シロさん、お父さんとお母さんには、山に行ったこと内緒にしていてくれたんだって」

「え、そうなのか。ありがとうシロさん」

絢人が山に向かったあと、シロさんは母屋を訪ねたのだそうだ。それで、絢人と同じように封じられていた父と母の記憶も戻して、絢人は以前と変わらずユキと離れにいるということにしてくれたのだという。

「ぼくがしてあげるのはここまでですよ。絢人の友人についてはユキが責任を取りなさい」

「はい」

神妙にユキが頷く。聞けば、俊哉をはじめ『絢人の兄』について知っている者の記憶は全部封じたのだという。徹底した仕事ぶりに、ユキが本当に絢人の前から完全に存在を消すつもりだったのがわかって、あらためてぞっとする。

「なあ、俺、シロさんにお願いがある」

立ち上がろうとしたシロさんが、首を傾げて絢人を見下ろした。

「なんです？　絢人のお願いなら聞かないでもないですよ」

「俺、ユキと結婚式挙げたいんだけど、シロさん協力してくれる？」

は？　とシロさんとユキが揃って目を丸くする。

そんなにおかしなことを言ったつもりはなかったので、ふたりの驚く顔を見て、絢人はいったん口を噤んだ。

「ユキと、結婚式？」

「急にどうしたの、絢人」

正気を疑うような表情は、いくらなんでもひどいんじゃないかと思う。

絢人がむっとして「変か?」と訊ねると、ユキは「いや、」と言いながら、曖昧にではあったけれどはっきりと頷いた。口よりも態度が正直だ。

「だって、じゃあ他にどうやって、俺とユキが結婚したっていうことにできるんだよ。口約束とか俺は信じられない。実際、ユキはいなくなったし」

「絢人、それは」

「べつに責めてるわけじゃない。だけどこの先ユキと生きていくのに、約束だけじゃ不確かすぎると思うんだ。俺はちゃんとユキと結婚したっていう実感がほしい」

「それで、ぼくの前で儀式として、正式な誓いを立てたいと言うんですね」

絢人が頷くと、ユキが「ちょっと待って」と絢人の視界に割り込んでくる。

「絢人、落ち着いて」

これまでずっと絢人との結婚を主張してきたのはユキなのに、どうしていまになって落ち着けなんて言うのかわからない。

「僕は、絢人が好きだって言ってくれただけで充分だよ」

ふる、と絢人は首を振った。

「俺、嫌いなんだ」

「え?」

「ユキ兄の、もう充分とか、そういう言いかた嫌いだ。俺は充分じゃないから言ってる」

「絢人……」

「結婚しよう、ユキ兄」

「――――」

ユキが目を瞠って絶句した。

シロさんは硬直するユキを横目でチラと見上げ、大きなため息をつきながら立ち上がった。

「ぼくは構いませんよ。あとはふたりで相談して決めてください」

付き合ってられない、と言いたげに、シロさんは離れを出ていく。それでもしばらく、ユキはまばたきも忘れたように絢人を見下ろしていた。

「ユキ兄？」

「……僕、いま絢人にプロポーズされたのかな」

「――そうだよ」

頷くと、ユキが両手を広げてベッドの絢人へ倒れこんでくる。

「絢人……！」

「う、わ……っ」

大型の動物に飛びつかれたみたいだった。とても受け止められなくて、絢人はベッドに押し倒される恰好になる。

「僕の絢人は、いつからこんなに恰好よくなったの？」

「急に思いついただけだよ」

「愛してるよ、絢人」

「昨日も聞いた」

だけど、何度言っても言い足りないから、とユキは言った。

「じゃあ、結婚式は？」

「絢人が望んでくれるなら、もちろん」


ずっと夢だったんだ、ととろけそうな目で言われたら、断ることはできなかった。

どうしてこうなった、と絢人は姿見の前で肩を落とす。

ユキのたっての願いで、白無垢《しろむく》の婚礼衣装を着ているのだった。

「重い……」

つい文句だってこぼれる。白の振袖《ふりそで》と帯だけだって重いのに、その上に重ねる打掛《うちかけ》の裾《すそ》は
まるで布団のような厚さだ。しかもさらに頭が重い。綿帽子《わたぼうし》はともかく、日本髪のかつらが、
絢人の細い首と肩を圧迫している。

「絢人、入ってもいい？」

「ドーゾ」

返事をすると、部屋のドアが開いてユキが姿をあらわした。

「――――」

こんなの反則だろう、と絢人はつい眉をひそめる。

黒の紋付《もんつ》き袴《はかま》姿のユキは、いやになるくらいの男前だった。きりりと引き締まって、だけどほんのりと甘い。黒髪をきっちりとセットして、珍しく額を出しているのもすごくよかった。こんなの、ため息しか出ない。

「思ったとおり、すごくきれいだ」

甘い瞳が眩しく細められ、絢人は複雑な気分で斜めに首を傾げた。

自分では滑稽にしか見えない。だけど、ユキが喜んでいるならまあいいかと思う。それに、まだ白無垢でよかった。ドレスを着てほしいなんて言われたら、大惨事になっていただろう。

「ユキ兄のほうが恰好いい」

「そう？　ありがとう」

ずるい、という意味で言ったつもりだったが、堂々と微笑まれてしまっては嫌味にもならない。肩を竦めようとして、だけど何重にも布が重なった肩はぴくりとも動かせなかった。

「行こうか、シロさんが待ってるよ」

「うん」

エスコートの仕種で差し出された手はいったん断ったが、いざ歩き出してみると、不安定によちよちとしか進めなかった。ユキがふっと笑ってふたたび手を伸ばしてくれたので、今度は素直につかまる。

離れを出て、道路を横切り神社の鳥居をくぐる。シロさんは、社殿で絢人たちを待っていた。

「きれいですね、絢人」

「……そうか?」

社殿にはシロさんしかいない。式はふたりで挙げたいと言ったのは絢人だった。両親は揃って旅行に出ている。そう仕向けたのも絢人だ。

やましいことがあるわけではないし、そもそも両親も承知の上のことだけれど、なんとなく、照れくさいというか、恥ずかしいというか、どんな顔をしていいのかわからないと思ったのだ。だけど正解だったと思う。こんな姿、親にはちょっと見せられない。

だから絢人に白無垢を着せてくれたのは、キツカをはじめとする山の狐たちだ。ユキが用意した着物を、手際良くきれいに着付けてくれた。さすが何百年も生きているだけのことはある。

「ぼくは結婚式の作法を知らないので、適当にやってください」

「え、そうなの?」

「だって、ここでは結婚式はやらないでしょう」

そうだった、と絢人はいまさらそのことに気付く。

結根神社は規模が小さいので、初宮《はつみや》や厄除《やくよ》け、七五三《しちごさん》の祭典はするが、結婚式は行わない。父は結婚式場へ出張することもあるが、シロさんがついていくわけではないので、知らないのも当然といえば当然だった。

どうしようか、とかたわらを見上げると、ユキは「まかせて」と片目をつぶって見せた。

「要は僕たちが、助け合って、ずっと幸せに暮らしますっていう誓いを立てればいいんだよね」

手を出して、と言われて、絢人はユキに右手のてのひらをぺらりと見せた。逆、と言われたので左手を出す。さらに「裏返して」と言うので甲を向けた。

「……絢人の鈍さにはびっくりしますね」

「なにが？」

呆れたように言うシロさんに目を向けた絢人の指に、するりとなにかが嵌《は》められた。

視線を戻すと、ユキに預けた左手の、薬指にシンプルな金の指輪が光っている。

「――結婚指輪だ」

驚いて、事実だけがぽんと口から飛び出した。

「そうだよ。よかった、さすがにそこはわかってくれたね」

ユキは胸を撫で下ろすと、指輪を嵌めた絢人の指をツイととって、指先にうやうやしく口付けた。

「僕のすべてで、これからずっと絢人を守るよ」

きゅん、と胸が甘酸っぱく鳴った。

だけど絢人は顔を引き締めて、甘く微笑むユキに、厳しい目を向ける。

「本当か」

「もちろん」

「消えてもいいとか、もう充分とか、二度と言わないな」

問い詰める自分の口調は、結婚式の甘さとは程遠いと思う。でも絢人にとって、この結婚式で一番大事なのはこの約束だった。

絢人の真剣な顔に、ユキはいつものように眉を下げて苦笑する。

「ありがとう、絢人。約束するよ。絢人に他に好きな人ができても、離婚したいって言っても、もう離れてあげない」

「俺がジジイになっても?」

「絢人がおじいちゃんになっても」

真面目な顔の絢人に、ユキも大真面目に答えてくれる。それでやっと安心できた。絢人がほっと息をつくと、ユキは滲むように微笑した。

「指輪、ユキ兄のは？　俺が嵌める」

絢人が手を出すと、ユキはごそごそと袂《たもと》を探って、金の指輪をてのひらに乗せてくれた。親指と人さし指でつまんで眺めてみる。ほっそりとしたデザインで、表も裏も装飾はなにもない。センスが良くて身の周りのものにはこだわりのあるユキには珍しい素っ気なさに思えた。

「それはね、僕の霊力を編んで作ってあるんだ」

「へえ？」

「だから、一度つけたら死ぬまで外れないよ」

「えっ」

絢人はギョッとして、自分の左手の薬指に嵌まった指輪を外そうとしてみる。けれど、ユキの言葉のとおり、引っ張ってみてもまったく外れなかった。すでに絢人の身体の一部のように、びくともしない。

「……まあ、いいか」

そうそうにあきらめると、ユキがふふっと嬉しそうに笑う。

「いいの？　外では見えないようにすることもできるよ」

「いいよ。ほら、ユキも手出せよ」

うん、とユキが絢人に向かって手を差し出す。指の長い、きれいな手だった。はじめて会ったときからずっと、絢人を抱きしめて、撫でて、大切にかわいがってくれた手だ。

緊張に絢人は一度咳払いをして、それからユキの手を取った。薬指に、金の指輪を通す。

「ユキ兄から見たら、俺はまだまだ赤ん坊みたいなものかもしれないけど、俺だって、ユキ兄のこと、大事にしたいし守りたいよ」

「絢人……」

「しあわせにするから」

見開かれたユキの目に涙が浮かぶのを見て、絢人は慌てた。

「ユ、ユキ兄」

「ごめん、あんまり絢人が恰好よくて、感動しちゃった」

恥ずかしそうに涙を拭う姿まで恰好いいユキに言われるのは複雑な気分だったが、ユキが絢人のことをもう子供扱いしていないのがわかって嬉しくなる。

「うれしいな、しあわせにしてね」

はにかむユキが、身を屈めて唇を寄せる。

絢人はいろいろ乗った重い頭を少しだけ仰向かせて、目を閉じた。


「あー、疲れた！」

「おつかれさま、絢人。お風呂入れるから待ってて」

袴姿のままバスルームに向かうユキの背中を眺めながら、絢人は頭から綿帽子を外した。日本髪のかつらも外して、打掛を脱ぐ。帯は、バスルームから戻ったユキにほどいてもらった。振袖を脱いで長襦袢《ながじゅばん》だけになると、身体の軽さに感動する。

「僕も着替えてくるね。絢人はそのままお風呂に行っておいで」

打掛と振袖を衣紋《えもん》かけに吊るしながら、ユキがそう言った。絢人はうんと頷いてバスルームに向かいかけ、ふと足を止める。

「そういえば、ユキ兄って、もうずっと黒いままなのか？」

振り返ると、部屋に向かおうとしていたユキも絢人を振り返った。

「そうだね。これが本来の姿だから。そうだ、お礼を言い忘れていたよね。僕の力を戻してくれてありがとう」

きょとん、と絢人は目を丸くした。

「俺が？」

「そうだよ、見つけてくれたんでしょう？」

桜の木の下に埋めた寄木細工の箱なら、中身は自分にあてた手紙以外のなにも入っていなかった。

「でも入ってたはずだよ。ビー玉くらいの黒い玉で、中に金の粉が散ったみたいな模様が入っていたと思うけど」

なにも見なかった。だけど、強い光が飛び出したような感覚はあったから、あれがそうだったのかもしれない。

「おかげさまで、ここでも元気に生きていけそうだよ。本当にありがとう」

ふっとユキが微笑んだ。

黒いユキのことは、懐かしいと思うのに、いっぽうでまだ見慣れない。整って恰好いいことは変わらないけれど、以前のユキよりいまのユキのほうが、どこか凛として男らしい色気がある。

見つめているとまるで、長く一緒に暮らした兄ではないみたいで、ドキドキと落ち着かない気分になった。どちらもユキには変わりないのに不思議だ。

「――風呂入ってくる」

「うん」

絢人はユキに背を向けて、けれどふたたび足を止めた。「なあ」と振り返るとユキが首を傾げる。

「ユキ兄、一緒に入る？」

「――――」

ぽかん、とユキが口を開けた。それから、はあ、とため息をつく。

「ばかなこと言ってないで、はやくあったまっておいで」

簡単にかわされ、絢人は肩を竦めてバスルームに向かった。てばやく全裸になってウーンと伸びをする。それからふと、洗面台の鏡に映る自分の姿に目を留めた。

運動部に所属している割には、貧弱な身体かもしれない。筋トレをしても身体に厚みは出ず、適度に引き締まっていくばかりだ。たしかに、魅力的とはいいがたい。

ユキの身体はどうだったかと記憶を辿ろうとして、そういえばずっと、ユキの裸を見ていないことに気付く。絢人と違ってユキは昔から、家族の共有スペースで着替えをしたり、風呂から裸で出てくることはなかった。

風呂につかり、身体を伸ばして天井を仰ぐ。

「失敗したなー……」

ぽつんと呟いて、ため息をついた。

風呂に入ろうとユキを誘ったのは、冗談でもなんでもなかった。単純に、絢人なりの下心の主張だったのだ。

だって、夫婦なのだから、当然そういうことはするだろう。実際ユキは前に一度、絢人のことを抱こうとしているのだ。怒りや衝動が大きかったとしても、絢人に対して欲望がないわけではないのはそれで充分わかる。

あのときは拒んでしまったけれど、それはべつに絢人が潔癖だったり欲を知らないからじゃない。あれはタイミングが悪かったのだ。あそこでユキに抱かれてしまうわけにはいかなかった。

でもいまは違う。絢人には自分がユキの妻だという自覚がそれなりにあるし、ユキに抱かれる覚悟だってとっくにできていた。

――覚悟というと意に染まないことのようだけれど、簡単にいえば待っているのだ。

この離れに帰ってきてからもう半月が経つ。

ふたりの生活にはそれなりの変化があった。おはようと、いってきますと、おやすみのキスが日課になったし、絢人はあまり母屋に顔を出さなくなった。

だいぶ、夫婦らしい暮らしだと思う。いい感じだ。なのに、ユキはそれ以上は絢人に触れなかった。ユキらしいスマートさで手を出されるつもりでドキドキしていた絢人にしてみれば、肩すかしをくらったような気分だ。

それで、自分なりにいろいろと調べたのだ。スマートフォンでちょっと検索すれば情報はいくらでも出てくる。恋人同士が付き合って肉体関係にいたるまでの平均期間のこと、男同士のセックスに関すること、夫婦の夜の生活の頻度のこと。

夜《よ》な夜《よ》な調べては考え込んだり驚いたり想像したりしているうちに、すっかり絢人のほうはその気になっている。ユキにはとても言えないが、布団の中で自分を慰めるときに想像するのはいつのまにかユキになっていた。

とはいえ、自分のほうからどう誘ったらいいのかわからない。それに、ユキのことだから、あけすけなことを言えばまた、慎みがないとか下品だとかいって逆に絢人への評価を下げかねない。

「……ああ、もう！」

ざば、と絢人は風呂から上がった。

そもそも、絢人に男女の機微とかムードとか、そういうものを求めているならそれはユキに考えをあらためてほしい。絢人の情緒がそれほど発達していないのは、兄としてずっとそばにいたユキが一番よく知っているはずだ。

「ユキ兄！」

風呂から出たまま一直線で、身体も拭《ふ》かずに戻った絢人を見て、ユキが目を剝《む》いた。

「絢人⁉　どうしたの、バスタオルあったでしょう？」

ソファから立ち上がったユキが、慌ててバスタオルを取りに行く。

「それに、裸で出てきちゃだめだって言ったよね？」

「……裸で出てきたらだめなのは、人妻の慎みがないからだっけ？」

ふかふかのタオルで身体を包まれる。絢人の問いに、ユキは答えず困ったように微笑んだ。

絢人は、ざっと身体と髪を拭いて、バスタオルをその場に投げ捨てた。それから、ユキの手首を摑んで、自分の身体へ引き寄せる。

「絢人……っ」

裸のみぞおちにユキの手を導いた。ひく、とユキの指がわななないて、絢人の肌に食い込む。

「――どうしたの」

押し殺した平坦な声に、ユキの欲望が透けて見えた。こく、自分の喉が鳴ったのが、興奮のせいなのか、怯んだせいなのかはわからない。

「絢人？」
ツ、とユキの指が動いた。つぷ、と臍《へそ》の中に指先が埋まる。
それだけでも、腰がくだけて膝が震えた。「ア、」と吐息をもらして腕に縋ると、ユキはそろりと絢人に身を寄せる。

「もしかして、僕のことほしがってくれてるの？」

ぞく、と身体にささやかな電流が駆け抜けた。絢人が小さく身を震わせると、ユキが甘い吐息で笑う。

「ベッドに行きたい？」

こくこくと頷く。一気に甘くなった雰囲気に、顔が上げられなかった。それに、ベッドに行くことに同意しておきながら、足が縫いとめられたみたいに一歩も動かない。

絢人の緊張に気付いたのだと思う。ユキはすっと屈んで床に落ちたバスタオルを拾うと、それで裸の絢人を包んで軽々と抱き上げた。

「初夜のお嫁さんをベッドに抱いて運ぶなんて、夢みたいなシチュエーションだな」

そのまま危なげのない足取りで運ばれたのは、ユキの部屋だった。そっとベッドに絢人をおろすと、ユキは部屋のカーテンを引いた。

部屋がぐっと薄暗くなり、いやでも緊張が高まる。

振り返ったユキが、ベッドの上で硬直する絢人を見て苦笑した。

「絢人、なんだか生贄《いけにえ》みたいだね」

「べつに、無理してるとかじゃ……っ」

「わかってるよ、大丈夫。絢人のこと、全部もらうよ」

絢人の決意や覚悟が、ただユキへの愛情の上にだけ成り立っているのを、ユキはちゃんと理解してくれているようだった。

自分が未熟な反応をしたらユキは手を引いてしまうかもしれないと心配していたので、絢人は安堵してほっと息をついた。

「いま、安心したの？」

不思議そうにしながら、ユキがベッドに戻ってくる。

「やっぱりやめるとか言われたらいやだから」

「言わないよ。こんなに煽られて、止まるわけがないじゃない」

言質《げんち》を取れてますます安心する。そのせいか、言わなくてはいけないことをもうひとつ思い出した。

「あのさ、……前のときも、いやだったわけじゃないから」

「え？」

「俺がいやだって言って、ユキ兄がいなくなったとき。いまでも、あのときに戻ればやっぱりだめだって言うと思うけど、だけど、あのときだって、俺はユキ兄のことをちゃんと好きだったよ。でも、傷つけたならごめん」

そんなの、と言ってユキがくしゃりと切なげに顔をゆがめる。

「謝るのは僕のほうでしょう？　一方的なことしようとしてごめんね。ちゃんと拒んでくれてありがとう」

「ユキ兄……」

「絢人の正義が好きだよ。僕は絢人のことが大好き」

あーん、とユキが口を開け、同じ仕種を絢人に促す。絢人が素直に口を開けると、親鳥が餌《えさ》を与えるようにユキの舌が口内に差し込まれた。舌が絡んでくるのが気持ちよくて、夢中で絡め返す。招かれるままに、絢人もユキの口の中を舌で探った。

「……ン！」

びく、と肩が震える。ユキの指が、絢人の喉を通り、胸元を掠ったせいだった。

「ここ、好きだったよね」

「ア……ッ、ん」

「僕も好き。ちっちゃくて、ぷくぷくしててかわいい。ずっとこうやっていじってたい」

「や、だ……っ、あっ」

言葉のとおり、ユキは、絢人の乳首の触感や弾力を充分に指先で楽しんでいる。指先でつままれ、転がされ、絢人はそのたびに身をよじって悶《もだ》えた。

「感じやすいんだね、ちょっと可哀相なくらいだな」

不憫《ふびん》がる声に、絢人ははっと身を強張らせる。するとユキは、「ううん、やめないよ」と絢人の耳たぶをこねながら、耳のうしろをすりすりと撫でた。

「ほら、ここも」

「ん……っ」

「かわいい」

ささやきながら、ユキは軽く身体をずらして、ふっと絢人の胸元に顔を伏せる。

「……ッア!」

舌先で、ツンと乳首を弾かれる。ぷる、と乳首を震わされる衝撃に、絢人はたまらず胸を反らした。自分から胸を差し出す絢人の仕種を見て、ユキがいとおしげに笑う。

「じゃあ、いただきます」

ちゅく、と乳首が唇に含まれる。小さな粒にねっとりと絡みつく舌が熱い。きゅう、と強く吸われると、快感が下半身と連動して、腰が大きく跳ねた。

「あっ、……あっ」

「おっぱい気持ちいいね、絢人？」

「ン、うん……っ」

「ん？」

やわやわと乳首を噛まれて、泣き出してしまいそうになった。

「おっぱい、きもちいい……、アッ」

「いい子」

ねぎらいの手は、下半身に伸びた。ユキの手にやんわりと握りこまれて、絢人ははじめて自分のそこがすでに興奮して勃《た》ち上がっていることに気付く。ゆる、と扱《しご》かれると、快感が頭の先までを貫くみたいだった。

「やぁ……っ、あっ、ア！」

乳首を舐《な》め噛まれながら、濡れた性器をちゅくちゅく扱かれるとたまらなかった。発情した猫が鳴くみたいな声が、ひっきりなしにこぼれる。

「あっ、やだ、ユキ兄、どうしよう、やだ……っ」

「やだ？　どうしたの？」

「やばい、出ちゃう、やだ、いく……ッ」

やだ、やだ、と半泣きで繰り返すと、ユキの手はますます熱を帯びて淫《みだ》らに動いた。性器の先端を押し広げられ、自分の腰がまるでべつの生き物みたいにガクンとはしたなく跳ね上がる。

「や…ッ、い、く……っ」

ぴゅっと先端から白濁が噴き出た。ひくりひくりと腰が痙攣《けいれん》するのと同じリズムで、精液がこぼれる。

「——やだって、言ったのに、」

ゼイゼイと、荒い呼吸がおさまらない。絢人が鼻をすすりながら恨めしげに言うと、ユキは「ごめんね」と晴れやかな声で答えた。悪いなんてちっとも思っていないうえに、浮かれてさえいるのがまるわかりだ。

「一度出しておかないと、このあとがつらいと思ったから」

カタンと音を立てて、ユキがベッドサイドのチェストを探る。出てきたのは、透明なクリームケースだった。

「なに、それ」

「狐の秘薬」

「えっ」

「うそ。ただのワセリン。絢人、うしろ向いて、お尻上げられる？」

さらりとした指示に絶句する。けれどユキは絢人が従うと信じて疑っていないようすで、「ん？」と首を傾げて見せた。

絢人の頭の中に、スマートフォンで見た動画が切れ切れによみがえる。なんのためにそうしなければいけないのかは理解しているから、「わかった」と頷くしかなかった。

大きな羽毛の枕を「どうぞ」と差し出されたので、抱えてうつぶせになった。開いた膝を立てて、尻だけをユキに向ける。

「お利口なんだね、絢人」

「だっ、て」

「うん、わかってるよ」

コン、とフローリングの床にプラスチックのケースが落ちる軽い音が聞こえた。反射的にきゅっと緊張した絢人の尻を、ユキの手が宥めるようにすべすべ撫でる。

ワセリンをともなった指は、反対の手だった。ぐに、と尻の左側を掴まれ、開いた場所にぬるりとしたものが塗りつけられる。

「ん、う……」

きゅっとすぼんだ小さな孔《あな》の上を、ぬるぬると指がすべる。単なる摩擦で、なのに、次第にもどかしく腰が揺れはじめた。

「——ッン！」

ほんの浅く、指先が侵入の意思を見せる。けれど指はすぐに引き返して、また襞《ひだ》の上を擦った。そしてまた少し沈んでは引く。それが繰り返される。

「あっ、ユキ兄、やだ……っ」

そんなところを触れられるのははじめてなのに、どうしてもどかしいなんて思うんだろう。

絢人は枕をきつく抱きしめ、震える背中をさらに反らして尻をかかげた。

「今度は、なんの『やだ』？」

裸の背中を、ユキの吐息がくすぐる。唇を押し当てられた場所が火傷《やけど》をしたみたいにジンジンした。

「なか、さわって…っ」

疼《うず》いてかゆいように感じる場所を、ユキの指で擦ってほしかった。

「なんか、へん、で……、アッ」

「ごめんね絢人、ワセリンっていうのもうそ」

「え、じゃあ、なに、」

「ヒミツ」

ぬる、とユキの指が簡単に深々と沈み、絢人はびっくりして息を呑む。

「ア……っ」

「痛くないでしょ？」

訊ねながら、ユキの指はゆっくりと絢人の内側を往復した。

引き出して沈むたびに、ちゅくちゅくと濡れた音がする。

「絢人、おしゃぶりがじょうず」

絢人の意思とは関係なく、ときおりきゅんきゅんとユキの指を締めつける動きをしてしまうことを言っているらしい。羞恥《しゅうち》になぜか脇腹《わきばら》が引き攣れた。震える絢人の背中を、ユキがいとおしそうに唇で辿る。

「あっ、そこ……っ」

「ん？　ここ？」

ユキの指が止まって、そっと絢人の内側を押し上げた。途端に、全身がビクンとわななく衝撃が駆け抜ける。慎重な指に、二度、三度と同じ場所を押されると、身体を支えている膝ががくがくと震える。

漏《も》らしてしまいそうな感覚に、絢人はわけもわからずふるふると首を振った。

「あ、だめ、いき、そ……ッ」

「うん、——今度は我慢しようか」

ずる、と指が引き抜かれる。

ゆったりとユキが身を起こし、絢人も重たく感じる身体を仰向けた。目を上げると、熱を持って反り返ったユキの性器が見える。

ほ、と熱い息がこぼれて、自分のはしたない期待に気付かされた。

膝を摑んで左右に大きく開かれ、濡れてとろけた場所に、ユキの熱が押し当てられる。

「ふふ、入口気持ちいい。吸いこまれちゃいそう」

「……ッば、か」

絢人が言い返す隙《すき》を狙っていたに違いなかった。ぐ、とユキが一気に身体を倒してくる。

「――ッン」

「絢人、息、して」

圧迫感に思わず止めた息を、切れ切れに吸って、吐いた。「そう、じょうず」とユキがやさしくささやく。

「……すごい」

絢人は、浅く息をしながら、ほろりと呟いた。

すごい。自分の中にユキがいる。ユキの欲望そのものの熱を、自分の身体におさめている。

すごいことだと思った。

「俺がユキ兄のこと、抱いてるみたいだ」

絢人の言葉に、ユキがふっと笑う。

「そうだね、絢人に抱かれてる」

ゆる、と腰を回され、絢人は「ア、」と喉を反らした。

「……きもちい」

「まったく、絢人は本当に、僕のことメロメロにする天才だね」

「そんなの、……アッ」

ユキの熱がギリギリまで引き抜かれ、突き入れられる。大きなストロークに、絢人は細い腰をよじらせた。

メロメロにする天才なのはユキのほうだ。出会ったときからずっとそうだった。誰よりも甘くひたすらに絢人のことだけを見つめてくれて、絢人をメロメロのぐずぐずにする。自分がとろけきっていることに気付かないくらい、ユキの甘さは日常的だった。

「も、いきた、い……ッ、あっ」

ぼろぼろと生理的な涙がこぼれる。

内側を擦られるのは気持ちいいけれど、決定打が摑めない。もどかしくて、濡れる性器に自分の手を伸ばしたが、「だーめ」とユキに止められてしまった。

「や、なんで……っ」

「ごめん、もうちょっと絢人の中にいさせて？」

「いていい、いていいから……っ」

「そうなの？　絢人がいっちゃったあとも、ここにいていい？」

ごり、とユキの先端が、さっき見つけられた絢人の弱いところを抉る。バチバチ、と目の前が花火のように明滅して、だけど見えない栓があるみたいに、射精はできなかった。

「ふ、……ぅっ」

「じゃあ今日は許してあげる。次は、お尻だけでいく練習しようね」

ユキの指がやさしく絢人の性器に絡む。ミルクを搾《しぼ》るように軽く上下されただけで、勢いよく精液が飛び散った。ぴっと自分の顎先にまでねっとりした液体が飛んでくる。

「あ、……ぁ」

最後の一滴までを丁寧に搾られ、絢人はぐったりと脱力した。ベッドにどこまでも沈みこんでいってしまいそうな心地がする。

「ほら、おねむになっちゃうでしょ？　でも、だめだよ」

とろんと目を閉じた絢人の身体を、ユキがやさしく揺らした。気持ちよく閉じかけた性欲の回路をまたこじ開けられて、びりっと身体が痺れる。

「……ッア！　や！」

「いていいって言ってくれたよね？」

「ア……ッ」

ひりひり痙攣する絢人の腹筋をてのひらで宥めながら、ユキが軽く腰を使う。

感じすぎないように気遣われているのかもしれない。なのに、絢人の身体はユキに寄り添うようにしてまたゆるゆると興奮に落ちていく。

「今度は、自分で触ってみせて？」

右手を導かれて、絢人は言われるままに自分の性器を握る。先端をきゅっきゅっと握って揉む指を、ユキが熱っぽく見つめているのがわかってたまらなかった。

ユキの抜き差しが、絢人の手のリズムを真似《まね》する。

「絢人、……出していい？」

いつもはおっとりしているユキの、低く掠れた早口にぞくっとする。

自分の中でユキが射精することを想像したら、勝手に身体がきゅんと疼いた。声に出さなくても、ユキを包んだ場所が返事をしたも同然だった。

「うれしい、ありがと」

ユキにもそれが伝わったんだろう。悠然と微笑むと、がつ、と一際深く絢人の狭い場所を穿《うが》った。ぶるっと獣のような胴震いとともに、絢人の腹の中でじゅわりと熱が広がる。

「……あっ、ユキ兄、の…ッ」

思わずぎゅっと握った絢人自身からも、またどっと白濁がこぼれた。

荒い息を重ねて、キスをする。ちゅく、と音を立てて離れた唇がまた触れ、ユキのキスは徐々に、絢人を寝かしつける穏やかさになっていく。

こんな激しいセックスをして、なのにまた子供扱いだ。だけどいまはそれがたまらなく安心できて、心地よくて、絢人はうっとりと目を閉じた。

「おはよう、絢人」

ぽや、と目を開けると、ベッドのかたわらに白い袴のユキが立っていた。外が明るい。少し開いた窓から、秋の少し冷たい風が入ってきている。絢人は身を起こして、しょぼしょぼする目を拳で擦った。

「おはよユキ兄。——いま何時？」

「七時半。僕は神社に行ってくるね。境内の掃除はしておいたから心配しないで。お昼はキッチンにサンドイッチがあるから食べてね」

ちょうど出かけるところだったんだろう。ユキはてきぱきとそう言って、すっと身を屈めると絢人の頬にキスをした。

「昨日はいっぱい疲れさせちゃったね、ごめんね」

寝起きで鈍っている頭に、ようやく昨夜のことが思い出される。

「絢人、最高にかわいかった」

「……っそういうの、いいから！」

朝からなんてことを言うんだと、絢人の頬が熱くなる。

「ごめんごめん。じゃあ、行ってきます。今日はゆっくり休んでいて、僕の奥さん」

ユキは軽やかに笑って絢人の手を取ると、左手の薬指にもキスをした。

「そうする。いってらっしゃい、俺のオムコサン」

キスをねだって身を寄せるユキの唇に、顎を上げて口付ける。

まだまだおままごとみたいな夫婦かもしれない。だけどこの先長い時間をかけて、それらしくなっていけばいい。

ユキと夫婦として歩む未来を想像しながら、薬指に光る指輪を見つめて、絢人は眩しく目を細めた。

お嫁さんとハネムーン

案内された客室は、二方が窓で、森のように鬱蒼《うっそう》とした緑が見えるのがまず壮観だった。濃い緑が、広い畳《たたみ》の部屋にしっとりと落ち着いた雰囲気を与えている。

「わあ」

写真で見るよりすてきだな、と思った僕の隣で、絢人《あやと》が感嘆の声を上げた。駆け込むようにして部屋に入り、窓にぺたりと張りつく。

「ユキ兄、川だ！」

振り返る目はキラキラと、小さな子供のように輝いていた。荷物を持って部屋へ案内してくれた仲居さんが、微笑《ほほえ》ましいものを見るようににこにこしている。もちろん僕の頬《ほお》も、ばかみたいに緩んでいることだろう。

ハネムーンに行こうよ、と言った僕に、絢人は最初心底不可解そうな顔をした。

たぶん、『自分』と『ユキ兄』と『ハネムーン』をうまく結びつけられなかったんだろう。ムードとか情緒とかいうものがあまり育っていなくて、何度か身体《からだ》を重ねたいまでも僕の妻としての自覚があまりない絢人らしい。

それでも候補地のパンフレットを見せて提案をすると、「わかった、行こう」と男らしく頷《うなず》いてくれた。どこに行きたいかと訊《き》くと「任せる」と言うので、宿泊先は僕が決めた。

絢人は案外好みが渋いから、趣《おもむき》ある旅館のようなところがいいと思ったのは正解だったみたいで嬉しい。

「夕食は何時になさいますか？」

七時にお願いして荷物を引き取る。ごゆっくり、と仲居さんが部屋を引き上げていっても、絢人はしばらく窓にひっついたままだった。

「気に入ったの？」

絢人の真うしろに立って、窓のクレセント錠を開ける。横にすべらせると、梢《こずえ》と川の音がぐっと近づいた。水辺特有の自然の匂いに、絢人がゆっくりと深呼吸をする。

素直で瑞々《みずみず》しい絢人の反応に、僕はいつもどきりとさせられる。生まれて間もない子が、はじめて出会ったものに感動するようすは、長く生きすぎて目を引くものなんてなにもないと思っていた僕の心に、新鮮な風を吹き込むようだった。

「気に入った！　すごい！」

身を乗り出す絢人にひやりとする。子供じゃあるまいし、頭からころんと落ちていきはしないだろうけれど、それくらい夢中な勢いがある。僕にとって、絢人が抱っこできるくらい小さかったのはごくごく最近の感覚だ。思わず両腕で抱いて胸へ引き寄せると、絢人は「ははは」と笑った。

「落ちないって」

「わかってるけど、あんまり乗り出すと危ないよ」

うん、と絢人は頷いて、僕の胸におとなしく背中を預けた。華奢《きゃしゃ》な身体が気持ちよくリラックスしているのが伝わってくる。

「あのへん、散歩できるのかな」

「道があるから歩けるんじゃないかな。行ってみる?」

「うん、あとで」

「あとで?」

「先に温泉」

きっぱりとした意志の強い声に笑ってしまう。たしかに、この旅行で絢人が楽しみだと言っていたのが温泉だった。普段はカラスの行水《ぎょうずい》で、ろくに湯船にはつからない子なのに不思議だ。

「ユキ兄も行く?」

「僕はあとでいいよ」

行っておいで、と言うと、絢人は鼻歌混じりに浴衣《ゆかた》やタオルを持って支度《したく》を整え、飛び跳ねるようにして部屋を出ていった。源泉かけ流しの露天風呂は、海が見える絶好のロケーションだと評判だ。僕は正直景色にも温泉にもそれほど興味はないけれど、絢人と一緒にならあとで一度くらいは入ってみてもいいかなと思う。

絢人がいなくなると、景色は途端に色あせる。さっきまであんなに目に鮮やかだった木々の緑も、爽やかに感じた川のせせらぎも、ひとりで見ているとどうということもない。

退屈だなあと思っていると、びっくりするほど短い時間で絢人が戻ってきた。ただいまと言うので「おかえり、はやかったね」と返すと、絢人はどこか機嫌が悪そうに小さく頷いた。

「絢人？　温泉よくなかった？」

「いや、広かったし、海が見えてすげーよかった」

言葉と態度がちぐはぐだ。あんなに浮かれたようすで出ていったのに。

「でもなんか、ひとりで入っても楽しくない」

この発言にも驚いた。絢人は割と自立心が高くて、たいがいのことはひとりでやってしまう。ほんの小さなときからそうだった。両親の手も僕の手も煩《わずら》わせない、こちらにとってはちょっとさびしく感じるくらいの、男らしいいい子。そんな絢人が拗《す》ねたようなことを言うのが信じられなくて、僕はついまじまじと絢人を見下ろしてしまった。

これは本当に僕の絢人だろうか。僕はよもや、狐《きつね》か狸《たぬき》に化かされているんじゃ。

「なんだよ」

「もしかして僕は、意外と絢人に愛されているのかも？」

「ハア？」

絢人が盛大に顔をしかめる。かわいい顔が台無しだ。だけどそれでも絢人はとびきりかわいかった。僕はたぶん、でれでれとだらしない顔をしたんだろう。絢人はあきらめたみたいにため息をつきながら「好きだよ」と言った。

「絢人……」

「散歩行こう、ユキ兄。あと、メシが楽しみ」

はにかむ顔が最高にかわいい。これは一応ハネムーンなのに、色っぽい発想がまるでないようなのが残念だけれど、それも絢人らしさと思えばただただかわいいばかりだ。

川辺におり、流れに沿って散策をして夕食の時間に合わせて旅館へ戻った。美しく盛られた懐石料理に、絢人は最初こそ気後れしたように箸《はし》を戸惑わせていたが、八寸が終わるころには緊張も解けて味を楽しめるようになったようだった。お椀《わん》、お造り、焼き物、と献立が進むにつれ表情が華やかに変わる。

「おいしい？　絢人」

「すごいうまい！」

訊ねると、絢人は素直に顔を輝かせた。最近はたまに、ちょっとどきりとするような色っぽい表情もするようになったけれど、食べているときの顔はまだあどけなさが残る。

この子はまだ十六年しか生きていなくて、なのに、この先の人生をすべて僕の妻として生きるんだなあと思ったらたまらなかった。千年も生きていて、この世のことには大概飽いている僕だけれど、絢人の前でだけは人間の青年みたいに若やいだ気分になる。

ちょっぴりお酒を飲ませてみようか、なんて考える。保護者失格だけれど、僕はいまや保護者である以前に絢人の夫なのだ。

酔ったらこの子はどんなふうになるんだろう。普段とは違う乱れかたをして、僕の目や身体を楽しませてくれるんだろうか。

ぞくぞくして、胸が高鳴る。

あれこれ考えているうちに、甘味が用意されて、食事はおしまいになった。「まんぷく」と言って絢人が畳にひっくり返る。

「こら、お行儀が悪いよ」

「んー」とか「うー」とか絢人は答えて、ごろごろと畳を転がる。

「少し休んだら一緒にお風呂に行こうか」

「…………」

返事がない。やっぱり、温泉はお気に召さなかったんだろうか。僕は座卓へ少し乗り出して、畳に寝転がる絢人の表情を見ようとした。言葉がなくても、僕は絢人の気持ちくらいお見通しだ。伊達《だて》に五歳からずっと絢人の暮らしを見つめてきていない。

「――絢人？」

だけど絢人はそんな僕を驚かせる天才でもある。

「うそでしょ、寝ちゃったの？」

すう、と安らかな寝息が返事だった。いつにも増して寝付きがいいのは、滅多にしない遠出のせいだろうか。興奮して、満腹になって、――ああ、たしかに、絢人ならスコンと眠ってしまうかもしれない。

布団を敷きに来た仲居さんが、畳で眠る絢人を見て苦笑する。邪魔にならないように、熟睡の身体を抱き上げて、寝床の用意ができるのを待った。抱き上げても下ろしても、絢人はウンともスンとも言わない。

「ひどいなあ、絢人。僕、夜も楽しみにしてたのに」

布団をかけて頬をつつくと、絢人は小さく唸《うな》って、それから甘い声でぽつんと鳴いた。

「……ユキ兄」

それだけで幸せで、結婚してよかったと思ってしまうのだから、僕はきっと一生このかわいい妻にかなわないんだろう。

◆◇◆

こんにちは。意図的にではないのですが、ごあいさつのスペースがこんなに小さくなってしまいました。

もふもふが書きたい、花嫁が書きたい、という一心でがんばりました。楽しんでいただけたらうれしいです。ありがとうございました。

市村奈央

✦初出　兄が狐でお婿さん!?……………書き下ろし
お嫁さんとハネムーン…………書き下ろし

市村奈央先生、サマミヤアカザ先生へのお便り、本作品に関するご意見、ご感想などは
〒151-0051 東京都渋谷区千駄ヶ谷 4-9-7
幻冬舎コミックス　ルチル文庫「兄が狐でお婿さん !?」係まで。

幻冬舎ルチル文庫

兄が狐でお婿さん !?

2016年11月20日　　第1刷発行

✦著者	市村奈央　いちむら なお
✦発行人	石原正康
✦発行元	株式会社 幻冬舎コミックス 〒151-0051 東京都渋谷区千駄ヶ谷 4-9-7 電話 03(5411)6431［編集］
✦発売元	株式会社 幻冬舎 〒151-0051 東京都渋谷区千駄ヶ谷 4-9-7 電話 03(5411)6222［営業］ 振替 00120-8-767643
✦印刷・製本所	中央精版印刷株式会社

✦検印廃止

ISBN978-4-344-83854-3　C0193　Printed in Japan

幻冬舎ルチル文庫